12
蝸牛く
Kumo Kagyu
插畫／神奈月
哥布林殺手
GOBLIN SLAYER!

哥布林殺手

人物介紹

CHARACTER PROFILE

女神官 Priestess

與哥布林殺手組隊的少女。因心地善良，常被哥布林殺手魯莽的行動耍得團團轉。

哥布林殺手 Goblin Slayer

在邊境小鎮活動的怪人冒險者。單靠討伐哥布林就升上銀等（位列第三階）的罕見存在。

櫃檯小姐 Guild Girl

在冒險者公會工作的女性。總是被率先擊退哥布林的哥布林殺手所助。

牧牛妹 Cow Girl

在哥布林殺手所寄宿的牧場工作的少女。也是哥布林殺手的青梅竹馬。

妖精弓手 High Elf Archer

與哥布林殺手一起冒險的妖精少女。擔任獵兵（Ranger）職務的神射手。

12

哥布林殺手

GOBLIN SLAYER

He does not let anyone roll the dice.

「冒險果然
就是要這樣！」
© Noboru Kannatuki

Contents

GOBLIN SLAYER!

He does not let anyone roll the dice.

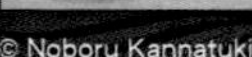

重戰士 Heavy Warrior

隸屬於邊境之鎮冒險者公會的銀等級冒險者。和女騎士等人一同組成邊境最棒的團隊。

蜥蜴僧侶 Lizard Priest

與哥布林殺手一起冒險的蜥蜴人僧侶。

礦人道士 Dwarf Shaman

與哥布林殺手一起冒險的礦人術師。

劍之聖女 Sword Maiden

水之都的至高神神殿大主教，同時也是過去和魔神王一戰的金等級冒險者。

長槍手 Lancer

隸屬邊境小鎮冒險者公會的銀等級冒險者。

魔女 Sorceress

隸屬邊境小鎮冒險者公會的銀等級冒險者。

序章 『為冒險的故事揭開一頁的故事』

完成了——！「幻想」及「生」與「死」開心地舉手歡呼。

「唰」一聲將一大張平面圖攤開在四方世界的星桌上。

三位神明見狀，揚起嘴角滿意地點頭。

「幻想」自不用說，「生」與「死」是十分寬容又溫柔，好管事的神明。

畢竟世上的一切必定都是由「生」送來，由「死」接走。

看見三位神明樂成這樣，其他神明不可能不好奇。

怎麼了怎麼了？「真實」與「豐穰」等神明一窩蜂地聚過來。

「幻想」急忙展開雙臂大喊「不准偷看——！」「生」與「死」則退到屏風後面。

——什麼東西？冒險（Scenario）？

——不是，是敘事詩（Campaign）。

敘事詩（Campaign）！

眾神聞言，紛紛騷動起來。

敘事詩（Campaign）！

英雄的故事（Campaign）！

戰記（Campaign）！

僅此一次的冒險就已經很有趣，一連串的冒險肯定很精采。

所以，眾神最喜歡英雄敘事詩（Campaign）了。

一、兩場還算不上什麼，有些神明甚至獨自在為七、八場冒險煩惱。

因此然而可是，聽見又有新的大長篇（Sage）要揭開序幕，祂們不可能置之不理。

祂們連自身的安排都忘了，爭先恐後地舉手表示要加入。

「生」與「死」半是困惑半是喜悅，面面相覷。

因為自己創造的冒險（Session）沒人來參加實屬寂寞。

光是看到這麼多神明有興趣，請「幻想」幫忙創造因緣（Scenario）就值得了。

「幻想」喝斥一聲，要眾神冷靜下來，決定先選出有空的神明。

「生」與「死」看著眾神的互動，幸福地呵呵輕笑。

因為「生」與「死」是十分忙碌的神明，沒什麼機會參加遊戲。

不過，光是只有眾神，冒險當然無法成立。

之後得由冒險者憑自身的意志挑戰冒險才行。

先將自己盯上——這技能（註1）很好用！——的冒險者吸引至怪物的所在地。
再不著痕跡地下達神諭（Handout），暗示他們及她們冒險的命運。
是否前往全是他們的自由。硬逼人家冒險也沒有意義。
可是眾神相信，身為冒險者就會願意去冒險。
可是眾神相信，身為怪物就會阻擋在他們面前。
會講一堆藉口扯一堆自以為是的歪理，落荒而逃的人請回去。
既然如此，剩下該做的只有懷著氣勢及祈禱，大喝一聲擲出骰子。
這場冒險的結果會是如何，連眾神都不知道。
因為左右一切的，只有冒險者們的命運——以及「宿命」及「偶然」的骰子。

註1　「盯上」日文為「目星をつける」，「目星」在TRPG中為能看穿隱藏事物的技能。

第1章 『冒險途中出現飛龍(Wyvern)的故事』

簡單地說，嗯，就是這樣。

「哇啊啊啊啊啊!?」

「快跑快跑快跑要被吃掉了!?」

「哎呀，我們小命不保囉……!」

聽見來自身後的轟然巨響，手拿棍棒及長劍的戰士在密林裡拚命逃竄。

他追在輕快跳躍的白兔獵兵身後，一面關心跑在旁邊哭哭啼啼的聖女。

——為什麼會發生這種事……!?

他滿腦子都是近似遷怒的想法，死都不肯回頭。不能回頭。

從上空罩下的，是死亡的影子。

如同低吼的聲音並非風聲，是殺意的咆哮。

大氣充斥黏膩的腥臭味，也不是他滿身大汗導致的。

「GYAAAAAAAAAOSSSSSS!!!」

而是因為雙臂長著巨大雙翼的怪鳥般的掠食者，正在攻擊他們。

——哪個白痴說飛龍(Wyvern)是半吊子的龍的！

好吧，這個說法是沒錯。

儘管強度跟龍確實有一些差距，若原型的強度是一百，差了點也不可能弱到哪去。

何況他們只比新手冒險者多長了幾根毛(Plus one)而已！

真不想把最近學到一點皮毛的算術用在這種地方……

「喂、喂，怎麼辦!?」

青梅竹馬氣喘吁吁，帶哭腔的聲音聽起來像是哀號。

用分不清是振翅還滑翔的姿勢飛行的巨影，跟在地上奔跑的他們，速度差距顯而易見。

雖然有茂密的枝葉遮住上方保護他們，也撐不了太久。

「我哪知道……！」

除了逃跑外別無他法。正面迎敵也不可能贏。但要往哪裡逃？

年輕的棍棒劍士絞盡腦汁，但他知道自己本來就沒多聰明。

能夠逆轉戰況的好主意，哪有那麼容易想出來。

跑在前方的白兔獵兵愁眉苦臉地轉過頭，彷彿在向他求助。

獸人原本就是敏捷卻缺乏耐力的種族。

尤其是兔人，只要有攝取食物就能靈活行動，卻不適合在不吃不喝的情況下持續奔跑。

「我、我快累死了……！」

「嘖，該死的（Gygax）！」

「啊，你小心遭報——哇啊!?」

看到白色兔腳突然絆到，少年立刻抓住她的腰帶把她拎起來，扛在肩上。

「哇」、「啊」之類的尖叫聲，以及比想像中更有重量更柔軟的肉的觸感，事到如今一律無視。

——別小看農家三男的體力！

他吐出一口氣，然後靈機一動，瞪大眼睛。

趴在他肩上掙扎的少女，那對長耳就在眼前晃來晃去。

對了，之前也發生過這種事。跟在他旁邊跑得上氣不接下氣的青梅竹馬一起，於下水道。

當時只有他們兩個，因此處境十分艱困。現在也一樣。明明有三個人。

——三個人？

「啊。」

這個瞬間，少年牢牢抓住閃過腦海的那道光。

「對了，**耳朵**！」

「唔咦!?」

「我們來的時候不是有看到河川嗎！水聲！妳有沒有聽見!?在哪個方向！聽得出來嗎!?」

他自己都覺得這個命令意義不明，白兔獵兵卻理解他的意圖。

她愣了一下，沉吟著豎耳傾聽，手伸向右方。

「大概是那邊……！」

「好……！」

那就決定了。他用剩下那隻空著的手牽住至高神聖女，向前狂奔。

青梅竹馬的手比想像中還小，正在發抖——也先拋諸腦後。

「河川……然、然後呢……!?」

瞧她面無血色、聲音微弱的模樣，若是平常，他八成會嘲笑她，然而——

「總、總之，要努力，想辦法……逃掉……！」

想到自己現在的表情八成不會跟她差到哪去，少年露出僵硬的笑容。

過沒多久，視野變得開闊，推測是因為穿過森林了。

映入眼簾的是河川——不，稱之為谷川應該較為貼切。

夾在狹窄的陡峭懸崖間的細長河流。

平常他會嚇得杵在原地，完全不會有想在這種地方做什麼的念頭。何況是在冒險途中。

「GYAAAAAAAAAAOSSSSSS！！！」

但事態刻不容緩。森林的屏障消失，飛龍直線逼近。

「來了，來了啦!?」

白兔獵兵大聲尖叫，推測是因為她被扛在肩上，能清楚看見上空。

「死了也別生氣喔!?」

「我會生氣！」至高神聖女乾脆地怒吼。「我會在神明面前罵你一頓！」

意思是她願意跟隨自己囉。棍棒劍士將她回握自己的那雙手，往對自己有利的方向解釋。

然後跳躍。

帶著青梅竹馬的少女和同隊的少女——一口氣跳下懸崖。

沒有絲毫飄浮感，取而代之的是全身被大地的力量抓住，拽往下方的墜落感。

耳邊呼嘯的風聲，兩位少女——加上自己——發出的悲鳴，都讓人滿腦子混亂。

年輕戰士抱緊兩人，以手環住她們的頭部，至少要避免她們撞上懸崖。

不過逐漸逼近的水面又令他心生畏懼，他短暫閉上眼睛，接著別開目光。

他轉頭硬是望向上空，差點被伸進懸崖的龍嘴咬到。

不甘心地咬了好幾下空氣的飛龍逐漸遠去，他露出得意的笑容。

——看你那麼大隻就知道你進不來，比黑蟲(Roach)還不如活該啦！

假如飛龍會讀心，這句謾罵想必會徹底觸怒牠。

不過，聽見牠因為獵物逃走，氣得在懸崖上咆哮的聲音，至少年輕戰士挺痛快的。

想著想著，巨大的水聲傳入耳中——

彷彿被冰塊砸到的疼痛及寒意，輕易奪走他的意識。

§

「我想這大概是第三次對付他們了，哥布林果然很弱……！」

「GBBOR!?」

他用破胸丸(Chest Buster)二世的刀刃擋下短劍，再舉起滅蟲者(Roach Killer)二世一揮，擊碎小鬼的頭蓋骨。

大腦被打爛的軟爛觸感令人不快，他無法習慣。這種感覺跟捏爛蟲子又不太一樣。

洞窟的地板帶有水氣，但不像下水道那麼溼。可以踩穩。

棍棒劍士用長靴踢散土，將自己的武器拿到手邊。

棍棒與劍的二刀流——二刀流？——起初也被人說過很奇怪，不過他現在已經習慣了。

——還有幾隻？

「大概剩五、六隻！別大意喔……！」

果斷的指示從身旁傳來。是背部緊貼在石壁上面的至高神聖女。

她單手拿著天秤劍，另一隻手拎著四角形的提燈（Lantern），仔細戒備周遭。

以往他們都是兩個人組隊，所以無時無刻都得繃緊神經，她也沒空休息。

畢竟他們的遠距離攻擊手段，只有一個至高神賜予的神蹟。

再加上那是殺手鐧。當時並不是能隨便使用的法術資源（Resource）。

——沒錯，當時。

「哎呀，這點程度總會有辦法處理的。」

白兔獵兵的語氣極其悠閒，跟在洞窟裡剿滅小鬼的情況形成強烈反差。

但她的手正在忙碌地轉動弩弓的把手，拉緊弓弦。

沒錯，跟在下水道除鼠比起來，影響最大的是她的存在。

無論是戒備周遭、擔任前衛——還是使用弩弓的技術！

踩住弩弓，轉動把手拉緊弓弦，將弩箭(Bolt)架在弦上，就得花掉一步棋的時間。

然而，只要爭取到那一步棋的時間，射擊時就能不必擔心殘彈量，跟法術不同！

『沒有啦，箭也不是免費的。射得太開心到時就沒錢吃飯囉。』

雖然白兔獵兵曾經晃著長耳，靦腆地笑著說。

「嘿咻！」

弩箭伴隨劈開木柴的聲音射出，遠遠射穿戰場後方的小鬼。

喉嚨長出一支箭的小鬼向後倒下，滾了一圈後就不動了。

「GGOROGB!!」

「GROB!GOOROGB!!」

哥布林們大聲嚷嚷，氣勢十足，也許是覺得還有辦法取勝。

或者是發現除了從正面突圍外，別無他選。

面對眼前的敵人時，容易疏忽其他地方，但有至高神的聖女幫忙提醒。

「後面還有一波……！」

「等一下！弦很重……！」

白兔獵兵艱辛地拉緊與嬌小身軀不相襯的大弩的弓弦。

她一腳踩在上面，轉動手把。得花不少時間。

——既然如此，幫她爭取時間就是我的職責……！

「我來！」

他大聲吶喊，向前一步。手掌被汗水濡溼，戴著金屬護額的腦袋及眼皮都沉甸甸的。

可是，劍和棍棒用繩子繫在手腕上。周圍的情況有同伴幫他注意。

所以，他專注在自己的任務上，先在上前的同時直直刺出左手的棍棒。

「GOOBGG!?」

「喝啊!!」

然後立刻拿右手的劍往喉嚨被砸爛、嘶聲哀號的哥布林砍下去，給予致命一擊。

他低下頭以免眼睛被血噴到，用護額擋住。

本來不管是除蟲還除鼠，飛濺的體液都會讓他避之唯恐不及，不過——

——這也是所謂的經驗嗎？

「GORB！GOBBGB!!」

「噢……!?」

現在可不是東想西想的時候。小鬼無視死去的同伴，拿著短劍撲過來。

他來不及用武器防禦，劍刃貫穿左手簡陋的護手，刺進肉中。

「好、痛!?」

「GORRGBB!!」

比起肉被刺到的疼痛，更多的是驚訝，導致他不小心放開手中的棍棒，幸好有用繩子繫住。

「唔，這傢伙……！」

不過得先處理這隻小鬼。棍棒劍士的手用力一甩，擺脫得意地嘲笑他的小鬼。

「我要上了！」

「GOBGB!?」

這時，一支弩箭（Bolt）立刻伴隨「啪！」的發射聲射來。

刺進小鬼眼窩的那支箭直達腦幹，不費吹灰之力結束他的一生。

棍棒劍士踹倒眼前的屍體，撞上後面的小鬼，嚇得他們呻吟著倒退。

「抱歉，幫我撐一下……！」

「交給我唄！」

背著弩弓的白兔獵兵長耳一晃，手拿開山刀衝向前。

如果隊伍裡只有他們兩個，就不能這樣了。少年將刺進手臂的短劍拔出來扔掉。

「欸，沒事吧!?」

青梅竹馬跑過來關心他，神情緊繃，他搖搖頭。

「不知道……！好恐怖，我不敢看……！」

「現在還講這種話!?」

她將提燈放在地上，俐落地拆下他的護手，檢查傷勢。

幸好劍尖只有貫穿護手，稍微刺進手臂。出血量也很少。

「呃，我幫你塗藥避免化膿，再纏上繃帶……按住傷口止血！」

「喔、喔……！」

傷口不大的話，用力按住即可止血。大概是神明的庇護。

出外冒險前，還不知道這種方法的他，乖乖聽從青梅竹馬的指示。

比起刺傷，繃帶勒緊帶來的疼痛反而更加劇烈，至高神聖女卻完全沒有控制力道。

「有沒有毒……!?」

「不知道……！」經她這麼一問，他皺起眉頭。「只能先喝一下……」

儘管兩人都不想增加開銷，在這邊搞到不能動就得不償失了。

他瞄向前線，白兔獵兵正尖叫著揮舞開山刀，對付數隻哥布林。

——殺了幾隻，還剩幾隻……!?

搞不清楚。少年急忙拿出裝解毒劑(Antidote)的瓶子，一口氣喝光。

「嗯，好苦……！好，那我回去了！」

「後面我幫你注意，小心點！」

至高神聖女拍了下他的背，棍棒劍士雙手握住武器，於洞窟內奔跑。

「久等了！」他吶喊，白兔獵兵用帶哭腔的聲音回答「好慢喔！」。

仔細一看，胸口有傷的小鬼倒在她腳邊，她身上也有許多小傷。

白色兔毛血跡斑斑，再加上喘得很厲害。看得出她消耗了不少體力。

「GOROGBB！」

「GBBGB！GORGBB!!」

畢竟敵人有兩隻小鬼，也就是說直到剛才，她都還處於以一敵三的狀態。

何況小鬼們眼中充滿慾望，毫不掩飾下流的感情。

那醜惡的腦內，八成在想著要如何蹂躪白兔少女，踐踏她的尊嚴。

對於待在後方的至高神聖女，肯定也是這麼想的。不過，白兔獵兵是直接面對他們。

暴露在敵人的慾望下，她無疑會感到恐懼。少年明白這一點，板起臉來。

——我得把戰況看得更清楚再下達指示……！

要是她有個閃失，現在肯定已經被小鬼壓在地上。

他在心中為自己逼白兔獵兵維持戰線一事反省，放聲吶喊「換我來！」飛奔而出。

「你到後面讓她幫忙看看！搞不好中毒了！」

「嗚咿!?知、知道了……！」

看到她換位(Switch)的動作如此輕盈，不愧是兔人。

棍棒劍士從蜷起身子滾到後方的她上面跳過去，直接攻擊小鬼。

單手劍及棍棒與兩隻小鬼生鏽的武器撞在一起，發出沉悶的聲響。

「GOORG……!!」

「BGGBGORG!!」

「混、帳……！」

若能在這時華麗地講出「我要代替她回敬你們！」這句臺詞，還挺帥氣的，然而事與願違。

儘管他努力站穩，試圖用一隻手將跟自己短兵相接(Bind)的小鬼推回去，敵人可是有兩隻。

小鬼那甚至帶有腐臭味的呼吸近在身旁。以及駭人的體臭。

單論力氣是棍棒戰士占壓倒性的優勢，但不能鬆懈。不能隨便露出破綻。

「……東西！」

然而，棍棒劍士也沒正式學過劍術。

他沒有想太多，一口氣揮下雙手的武器，讓小鬼們的武器往上彈。

「GROGB!?」

「GOOBBGG!!」

兩隻哥布林瞬間踉蹌了一下。眼中閃過卑劣的光芒。

只要趁他們其中之一——當然不是自己——被殺的時候衝上去，就能幹掉這傢伙！

事實上，這個想法沒錯。

「喝啊！」

「GOROOGOG!?」

棍棒劍士拿棍棒砸向運氣較差的那隻小鬼，揮劍了結他的性命。

比較幸運的另一隻立刻咆哮著撲上前——

「銳兔（Vorpal Rabbit）的一咬足以致命！」

臉頰上貼著膏藥的白兔獵兵，懷著臉頰被割傷的怒火射出一箭，耗盡小鬼渺小的運氣。

棍棒劍士給予叫都沒叫一聲就倒下來的哥布林最後一擊，為戰鬥劃下句點。

回過神時，小鬼的屍體散落各處，於洞窟內迴盪的只有急促的呼吸聲。

「……結束了嗎？」

至高神聖女咕噥道，他回答「大概」，環視周遭。

黑暗中，沒辦法連岩石後面及洞窟深處都看見。但他沒感覺到生物的氣息。

「大概……」他重複一遍，沒自信地接著說：「結束了。」

「嗚嗚嗚……累、累死我哩……」

白兔獵兵以分不清她到底是男是女的邋遢姿勢，癱坐在地上。

「辛苦了。」至高神聖女笑著把水袋遞給她，她雙手接過，喝起水來。

兔族獸人只要補充食物即可持續行動，在飢餓狀態下則會動彈不得。

「我記得還有烤餅乾吧。反正等等就要回去，妳可以拿出來吃。」

棍棒劍士也拿出自己的水袋，喝著摻水的葡萄酒，白兔獵兵「太棒了！」大聲歡呼。

「哎呀，我肚子超餓的……！」

烤得硬邦邦的烤餅乾，是常用的冒險乾糧。

白兔獵兵喜孜孜地從行囊中拿出烤餅乾，大口咬下。

看見她吃得臉頰都鼓起來的模樣，棍棒劍士一直覺得真的很像在餵兔子。

「嘿，吃這麼快餅乾屑都掉下來了，還會噎到喔？」

「不會啦，不會啦……！」

真是的——至高神聖女揚起嘴角，幫白兔獵兵拿下沾到臉上的餅乾屑。

棍棒劍士見狀，收起自己的武器，確認同伴的狀態，重新下達結論。

——嗯，哥布林……果然很弱。

跟之前在雪山戰鬥過的吸血鬼和雪男根本不能比。

畢竟如果只是這點規模的巢穴，他們三個就能解決。

加上過去那場捍衛鎮外牧場的大戰——對少年來說無疑是大戰！——這是第三次了。

與小鬼戰鬥，與其他怪物戰鬥，他得出的結論依然不變。

「好，休息一下，等等去洞窟深處看看吧。沒其他小鬼的話就回去。」

「嗯。」至高神聖女點頭。「村裡的人應該也很關心結果。」

這是典型的——或者說是定型的委託。

村子附近出現小鬼。好像在山裡面築巢了。能否幫忙處理一下。

冒險者殺進巢穴，戰鬥，殺敵，結束。

沒有傳聞中的鄉巴佬——大型哥布林，也沒有施法者或俘虜。

「感覺像最近才從其他地方過來築巢的。」

吃了東西恢復精神的白兔獵兵，抖著鼻子發表感想。

「雖然大部分的剿滅哥布林委託都是這樣。」

「換成每天都在剿滅哥布林的奇怪冒險者，大概又不一樣了。」

聽見至高神聖女這句話，三人相視而笑。

沒錯，極其平凡的剿滅哥布林，就只是這點程度的委託。

他們三個仔細潛入洞窟深處，確認這個事實，意氣風發地離開洞窟。

儘管報酬不怎麼樣，他們確實拿出了成果，還會受到村民的感謝。

感覺不錯。他承認自己現在心情飄飄然的。可是，他不認為這有什麼錯。

離開昏暗的洞窟，仰望有點西斜的耀眼太陽及藍天，瞇起眼睛。

剩下只要穿過樹林下山，回到村莊即可。

冒險到此結束——不。

「嗯？」

「咦？」

「唔咦？」

正當他們踏出一步，足以覆蓋全員的巨大影子罩在地上。

「GYAAAAAAAAAOSSSSS！！！」

——冒險尚未結束。

§

又冷又暖的奇妙感覺，促使他清醒過來。

腦袋昏昏沉沉的，思考遲緩，鼻子及喉間有股分不清是鮮血氣味還是滋味的東西。

小時候的記憶忽然浮現腦海。

有個朋友從樹上摔下來撞到頭。他笑著說沒有大礙，過沒多久就流鼻血去世了。

他沒發現自己腦內的血管破裂了。

自己會不會也落得同樣的下場？棍棒劍士隱隱感到不安及恐懼，坐起上半身。

「唔，喔、喔……？」

酒醉般的——他只有在很久以前的宴會上喝過酒——暈眩感瞬間襲來。

他急忙伸手撐住身體，碰到潮溼的岩石。側耳傾聽，火焰燃燒的劈啪聲和潺潺水聲傳入耳中。

——洞窟裡面，嗎？

他眨了好幾下眼，驅散擾亂視野及思緒的迷霧。

不久後，習慣黑暗的視野中，率先浮現微微搖晃的橙色篝火。

火焰上罩著用帳篷布做成的臨時棚子，巧妙地將煙引向洞窟外。

──不然會窒息。

他心不在焉地想，吐出一口氣。仔細一看，自己身上的衣服被脫下來了。

雖說身下鋪著毛毯，這樣難怪會冷──又溫暖。

──我躺在洞窟的地上。沒看到衣服。意思是，她們倆沒事嗎？

終於變得清晰的思緒，最先想到的是要確認兩人現在的狀況，這時──

「嗨，你醒啦！」

輕快的聲音響徹洞窟，彷彿能透過語氣看見對方喜悅的表情。

「萬歲！」火光照亮了舉起雙手歡呼，描繪出柔和曲線的輪廓。

於頭上晃動的長耳及長著柔毛的圓潤臀部──是白兔獵兵。

健康的雪白肌膚上，除了參雜白色與褐色的體毛外，看起來什麼都沒穿。

不，覆蓋住雙手及身體重要部位的毛皮，反而讓柔軟的肉更加顯眼。

「哇、哇……!?」

棍棒劍士忍不住嚥下一口唾液──希望她不要聽見自己吞口水的聲音──也是無可奈何。

他最後一次看見女性的身體，是在跟至高神聖女單獨旅行的途中，露宿郊外時

隱約看見的。

而且只是在跟要換衣服的她隔著一段距離的情況下，不小心看見一些而已。

當然不是故意的。絕對不是。雖然他確實會良心不安。

「樺樹皮溼掉了也能拿來燒，幸好我有帶在身上。」

正因如此，面帶笑容、毫無戒心地跳來跳去的白兔獵兵，實在讓他不知道該往哪裡看。

怎麼會這樣？怎麼做才好？思考停滯就是指這種情況。

假如他的脖子在這個瞬間被咬一下，棍棒劍士八成會輕易飛往因果地平的另一端。

「喂！」

不過，救兵近在身旁。

解開頭髮，裹著毛毯的青梅竹馬，臉頰變得比火焰還紅，怒吼道。

「身體……衣服！衣服……！」

「咦？——啊，哇……嗚哇……!?」

白兔獵兵瞬間愣住，意識到她這句話的意思，尖叫一聲。

她抱住身體縮起來，立刻蹲下。

「不、不要看……討厭……好、好害羞。因為村裡男生很少……」

她說她沒想那麼多。聽見兔人腔調很重的辯解，少年點點頭。

「喔、喔……嗯、嗯……抱、抱歉……對不起……」

兔人獵兵以如同小動物的動作用毯子罩住身體，他也跟著拿起毛毯。

他從頭將身體整個蓋住，調整坐姿，自己的臉肯定也紅得不輸給兩位女性。

幸好在場的人都沒有夜視能力，包含自己在內。沒辦法連身體細部都看見，對大家都好。

「……欸。」

至高神聖女隔著毛毯輕戳他的側腹，彷彿看穿了他愧疚的想法。

「你別胡思亂想喔……」

「才、才沒有……！」

不能怪他語氣這麼慌張。

她的身體近在身旁，對少年來說也挺煎熬的。

偷偷瞄向旁邊，平常綁起來的長髮披散下來，帶有水氣，散發淡淡的甘甜香味。

他心想——她成為一名女性了。

小時候，在村裡的河邊玩水時，她的身體跟自己明明沒有太大的差別。

不曉得是從什麼時候開始的。

進入至高神的神殿後？還是從跟他一起踏上旅程的時候？挑戰雪山的時候？

泛紅的臉頰以下的部位，因為披著毛毯的關係看不見，但還是能從隆起的部位窺見輪廓。

足夠讓他從之前在她換衣服時看見的裸體，想像出身體的全貌——

——……不是啦……！

棍棒劍士拚命抑制住想撞破頭的衝動。

身為一名男性，被兩位有好感的妙齡女子包圍，不可能沒有感覺。

偶爾會聽說毫無感覺、若無其事的英雄事蹟，他卻認為絕對是騙人的。

可是在這種時候會踏出一步，講得出貼心話的人——那才是英雄。

萬一全是自己自我感覺良好的誤會，或者是用錯方法緩和氣氛，他會因此喪命。

即使沒有那麼誇張，不想被她們倆討厭的心情，比想博取兩人好感的心情更加強烈。

雖然年紀尚輕的少年完全不明白，自己的感情是愛面子、傾慕還是慾望。

此時此刻，他第一次對那名銀等級的長槍手產生敬意。

能在這種時候不害兩人蒙羞，在正面意義上讓她們羞紅臉的行動(Role)，自己根本辦不到。

——那個人真的很厲害……

「那、個……總之……總之。」

他在口乾舌燥的狀態下，重新思考該說的話。

感覺得到近在身旁的至高神聖女，以及坐在篝火旁的白兔獵兵點了下頭。

「妳們沒事吧？」

「在那之後發生了什麼事……？」

「……我、我們掉進河裡。然後，小哥你昏倒了……」

「我們兩個把你搬進洞窟，脫掉衣服生火烘乾……等你醒來。」

——我還以為你死掉了。

聖女咕噥道，語帶哭腔——應該要感謝她吧。

少年輕聲道謝，回應他的是抽鼻子的聲音。他微微揚起嘴角。

「那那頭龍呢……」

「……豎起耳朵專心聽就知道哩。」

白兔獵兵嘴上這麼說，長耳卻折了起來。他很快就知道原因。

——————OOOOOOSSSSSS…………

有如吹過地獄谷底的怨靈呻吟聲，是那隻飛龍的咆哮。

「在、在埋伏我們嗎……！」

棍棒劍士這次真的抱住了頭，把頭埋進毛毯。

§

「……龍會噴火對吧。」

「……聽說還有會噴毒、噴酸、噴水、噴雷的。」

「……不曉得飛龍會不會噴火。」

「……搞不好還有會噴毒、噴酸、噴水、噴雷的。」

「不知道……！一頭霧水啊……！」

洞窟外有飛龍。他們是三名新手冒險者。怎麼想都沒勝算。

很遺憾，我們的冒險將到此結束。棍棒劍士腦中甚至浮現這句話。

他裹著毛毯哀號，絞盡腦汁想出一個情急之下的方案。

「牠在洞窟外面的意思是，飛龍不會又跑進懸崖底下對吧。」

「應該跟我們有一段距離……」

「那、那，洞窟深處會不會通往其他地方……!?」

「是有河流沒錯，但就我看來，那邊不太可能過得去。」

完全無路可逃。

老實說，棍棒劍士覺得就算自己放棄一切縮在地上嚎啕大哭，是不是也能得到諒解？

這樣做當然無法改善現狀。因為本來就無計可施了。

若是只有自己一個人，他八成會像做錯事的孩子般裹著毛毯啜泣。

他想起被母親責備時，逃進樹洞裡的懷念回憶。

雖然就算躲進樹洞，最後還是被大剌剌地走過來的母親拖出去。

他打從心底不能接受。現在也一樣。

——結果，狀況完全沒變。

如此狼狽的模樣，令他忍不住有點想笑。這時，白兔獵兵抖了下身子。

「肚子餓了……」

那是下意識脫口而出，十分沮喪的自言自語。

棍棒劍士望向白兔獵兵，她一副講錯話的態度摀住嘴巴。

白兔獵兵睜大眼睛不停搖頭，肚子卻發出細微的咕嚕聲。

兔人少女臉紅到讓人心生憐憫，在毯子裡縮得愈來愈小。

「真是……」

坐在棍棒劍士旁邊的至高神聖女無奈地說。

她叫白兔獵兵等一下，拿起掛在岩石上晾乾的自己的包袱。

然後取出用布包著的麵包。烤得硬邦邦的麵包，是常用的乾糧。

「……拿去吃吧。不過有點溼掉了。」

「呃，可是……」

白兔獵兵看著至高神聖女遞給她的硬麵包，嗅了下味道，搖搖頭。

「……不曉得要在這裡面待到什麼時候……」

「不吃會死掉吧？那就吃呀。」

「……好。」

看到她雙手接過食物嚼起來，至高神聖女點頭說道「很好」。

接著又重新裹好毛毯，坐回棍棒劍士旁邊。

注意力一放在她身上，感覺連細微的呼吸聲都會害他心跳加快，因此他咬緊牙關。

「……幹麼？你也肚子餓？」

她把臉埋在毯子裡，抬起視線瞄向棍棒劍士。

語氣一如往常，像在調侃他似的，聲音卻軟弱無力，不知道是不是錯覺。

「呃，我在想事情。」棍棒劍士老實地接著說。「之後再吃。」

「是嗎……」

講完這句話，青梅竹馬便閉上嘴巴。白兔獵兵則愧疚地吃著麵包。

——既然如此，我要冷靜下來思考。

空氣中混雜著洞窟裡分不清是霉味或苔蘚味的氣味、煙霧，以及兩位少女身上的香味，棍棒劍士將其吸入肺部，吐氣。

他之所以還沒表現出幼稚的一面，全是多虧她們待在身邊。

大家都還沒哭。自己最先哭出來，未免太難堪了。

——我可不想丟臉。

雖然他完全分不清那是出於愛面子、責任感，抑或是在意氣用事——

「…………啊。」

忽然，他發現他們**早該死了**。

——倘若那隻飛龍像嘔吐一樣，朝洞穴吐出火還是毒之類的恐怖東西……

不就能在他們逃進洞窟的瞬間一網打盡了？

何必浪費時間在入口埋伏。

——不對，是因為這樣會吃不到我們嗎？

因為牠進不了洞窟。我們死在裡面的話吃不到。所以牠在等我們出去。

那牠會趁我們以為牠不會噴火，跑出洞窟的時候噴火囉？

——不，這樣的話，我們在外面逃或掉進河裡時，牠就該這麼做了。

意思是，那傢伙不會噴火。照理說。相信牠不會噴火吧。會的話反正註定是死路一條。

——那就是爪、牙、尾了。

該小心的是這三個。只要想辦法應付這些攻擊就行——

「……對不起。」

「咦？」

棍棒劍士沒發現自己發出十分錯愕的聲音。

至高神聖女突如其來的嘀咕聲是什麼意思，他完全無法理解。

「……派不上用場。」

「呃……什麼東西？」

他打從心底不明白，才開口回問，結果這似乎嚴重刺激到她的情緒。

她抬起臉瞪過來，眼角在火光的照耀下亮起微弱光芒。

「我啦！」

「幹麼這樣說？」

儘管如此，棍棒劍士依然聽不懂青梅竹馬在說什麼。

但他也不覺得可以放著她不管。

他——忍住害羞之情——轉身直盯著她。

妳不講清楚，我哪知道。

「因為……」她碎碎念道。

「神只有賜予我一次神蹟……我又不知道什麼方便的知識……」

而且。她又嘟囔了一句，眯眼噘起嘴巴。

「……你剛才看的是她。」

「這跟那沒關係吧……!?」

他們並未特地壓低音量。用長耳聽見這段對話的白兔獵兵，「啢喲」發出奇妙的聲音。

棍棒劍士及至高神聖女互看一眼，相視而笑。

總覺得自己這麼嚴肅有點好笑。

「啊嗚嗚嗚嗚……」

長長的兔耳折了起來，大概是覺得他們在笑自己害羞的模樣。

棍棒劍士「抱歉抱歉」向她道歉，然後吐出一大口氣。

「呃，那個，我不太懂啦。不過重點不在強弱，或是派不派得上用場吧。」

沒錯，理應如此。

他誠心覺得哪有人會光憑這些條件挑選同伴。

當然，有時或許會遇到「那裡很危險，不能帶妳去」的情況。

也會有因為每位成員的長處短處不同，必須分頭行動的時候。

不過，那應該不代表對方派不上用場或不是同伴。

「所以，總之……嗯。」

少年仰望黑漆漆的洞頂，思考該對兩位少女講什麼。

沒有答案。取而代之的是虎視眈眈、伺機而動的怪物的低吼聲。

既然如此，要做什麼顯而易見。

「……先想辦法搞定那傢伙，回去吧。」

嗯。兩位少女點頭，就此定案。

§

無論何時都得先檢查裝備及手牌。這是他在下水道學到的冒險鐵則。

「武器跟防具都在吧。雖然溼掉了。」

「你那個用繩子繫住的棍棒跟劍，要不要擦一下免得生鏽？」

「啊，我有帶油喔。還有松脂那些的。」

「那油借我一下……為什麼要帶松脂？」

「把箭頭黏在箭上、跟油混在一起塗在弦上、用在毒箭上。」

原來如此。棍棒劍士點頭。毒。毒啊。至高神聖女探出身子。

「欸，妳有帶毒嗎？」

「有是有。」白兔獵兵表示肯定。「但我不覺得鳥頭毒對飛龍會管用。」

「這樣啊。」

聖女失望地垂下頭。

她要不是本來就不抱期待，不然就是迅速切換好心情了，晃著頭髮一口氣抬起臉。

「先把裝備檢查一遍再上吧！」

「好。」棍棒劍士點頭。「劍、棍棒，沒問題。妳們的天秤劍和弩弓也都在吧？」

「還有投石索(sling)。武器要好好帶在身上。對不對？」

「對啊——」

至高神聖女和白兔獵兵看著對方，咧嘴一笑。

棍棒劍士有點被排擠的感覺，點頭回應「那就好」。

「衣服跟防具掛在那邊晾乾對吧？」

「是我們晾的。」

「我知道。那……藥水呢？」

「掉進河裡時摔破了，被河喝得一乾二淨。」

白兔獵兵無奈地晃著長耳搖頭。

藥水很貴耶。棍棒劍士板起臉。至高神聖女想必也一樣。

其他冒險者在做什麼呢？回去後問問看吧。回得去的話。

「瓶子的碎片怎麼處理？」

「先從包袱裡倒出來。」

語畢，他想了一下，補充道：

「別丟掉，整理在一起。」

「好喔。」

取捨固然重要，現在他們需要任何幫助。

之後也可能後悔「早知道當時不要丟掉瓶子的碎片」。

不管要不要丟，他們無法離開這座洞窟，所以待在洞窟內的期間，把碎片扔在哪都一樣就是了。

「還有幾天份的糧食和……冒險者套件嗎？」

「出門時別忘記帶。」

至高神聖女說出同期的少女，也可以說是同期最有成就的人的女神官，像祈禱似地掛在嘴邊的那句話。

就算不論她所在的是銀等級的團隊（Party），她的成長也極為顯著。

前陣子在雪山的活躍，這三個人也親眼見證過。

可以理解她終於從鋼鐵升上了藍寶石。

至高神聖女喃喃說道「得加油才行」，俐落地著手檢查冒險者套件。

「我看看，鉤繩、釘子、白粉筆……火把受潮，不能用了……」

「其他人說這個很重要，所以我也有買，可是沒什麼機會用哩。」

白兔獵兵拍拍掛在篝火旁邊的包袱咕噥道。

對於耐力不足的她來說，應該不會想帶多餘的行李。

他以前也有過同樣的想法。棍棒劍士笑了。因為，礙手礙腳的行李看起來就很遜。

「但帶在身上總有機會用到吧。所以……那個……現在要怎麼辦？」

話題又繞回原點。

棍棒劍士也知道，那不是能用劍或棍棒應戰的敵人。

如果自己跟重戰士一樣能揮舞大刀，就另當別論了——不，那也是魔法武器嗎？

總有一天，遲早會的。他邊想邊將注意力放在當下的問題上。

「那傢伙不是靠氣味追過來的吧。」

「視力也沒鷹或鳶那麼好。」

白兔獵兵嗅著氣味回答。論野獸她最瞭解。

「那等到晚上偷偷出去呢？」

「龍有夜盲症？」至高神聖女皺眉。「不可能吧。」

三人討論了一段時間，結論是果然很難隱密行動。

再說，如果鬼鬼祟祟就能逃掉，掉進河裡的時候就甩得掉牠了。

至少必須做好與其交戰的覺悟。這是殘酷的現實。

「神明的神蹟呢？飛龍飛到天上也射得中嗎？」

「應該……可以。」

聽見青梅竹馬的疑問，至高神聖女陷入沉思，謹慎回答。

「不過速度太快大概就射不中。就算射中也只有一發，可能沒辦法打倒……」

「那弩弓如何？」

「飛太高就射不中囉。」

白兔獵兵舉起長滿白色絨毛的手，比出高度回答。

「我覺得沒問題啦，可是就算射中也會被龍鱗彈開。」

舉手投降。她俏皮地聳肩搖頭，這個動作是她的本性吧。

唔。棍棒戰士抱著胳膊，為不習慣思考的作戰計畫煩惱，直接將想到的主意說出來。

「弄破翅膀讓牠不能飛、砍斷尾巴讓牠動作變遲鈍、揍牠的頭讓牠暈過去……」

「不可能吧。」

「有難度。」

我想也是。棍棒劍士嘆氣。無論要採用哪個方案，對於剛脫離新手階段的他們來說都太過困難。

哎，這點小事顯而易見。

他們不是長槍手也不是重戰士，更不是那位小鬼殺手。

實力及裝備都不足。現在只能盡己所能。

三人湊在一起，議論紛紛。

肚子餓了就吃硬麵包，補充水分，聽見來自洞窟入口的咆哮聲，他們皺起眉頭。

不曉得過了多久，三人勉強想出一個像作戰計畫的東西。

那當然不是什麼起死回生的一步，或是天才的策略。

是將臨時想到的主意拼湊而成，誰聽了都會失笑的計畫。

「骰出雙六就贏了。」

「然後對方又骰出兩個一。」

「不行的話，就大家一起被吃掉囉。」

那就算了。那也不錯。三人看著彼此輕笑。

到時他們八成會嚎啕大哭，恐懼不已，顯得狼狽不堪。

可是，他們想盡最大的努力試試看。

因為這樣肯定遠比坐以待斃來得好。

§

到頭來，牠只是在遷怒。

對那隻飛龍而言，區區三個兩條腿的小人根本無足輕重。

簡單地說，連拿來塞牙縫都不夠。四處追捕他們，反而會讓肚子更餓吧。

不過。

牠因為極為不快的事情被趕出棲息地，心情正差的時候，有三隻小蟲晃到面前。

除了踩爛他們，還有其他選擇嗎？

就算那些傢伙一邊嚷嚷一邊逃竄，豈有放過他們的理由？

至少飛龍沒有。

跳進河裡的那幾個人逃進洞窟後，飛龍守在洞口的正前方。

若這座洞窟還有其他入口，在這邊等就太蠢了，幸好飛龍知道沒這回事。

既然如此，之後就是愉快的埋伏時間。

只是一味等待固然煩躁，不過這種時候還挺令人興奮的。

逃進裡面的那幾個小鬼，肯定怕得不得了，驚慌失措，遲早會衝出來。

沒有比那無助又悲壯的表情，更能滿足邪龍的東西。

飛龍、翼龍雖然不如真正的龍，在這方面兩者都一樣。

那隻飛龍打算一直等待洞窟內的獵物出來，即使要耗費十年、二十年的時間也無妨。

接著，牠想到那些人無法活那麼久，「哎呀糟糕」吼了一聲。

要是他們死在裡面，該如何把屍體搬出來？

懷著雀躍的心情思考這些事，實在很愉快。

「唔、哇、喔喔喔喔喔喔喔啊啊啊!!」

正因如此，飛龍不會放過這瞬間。

一隻人類雙手拿著武器，發出尖銳滑稽的叫聲從洞窟裡衝出來。

當事人應該是想營造出強烈的悲壯感，在飛龍眼中卻難堪得讓牠想捧腹大笑。

「GYAAAAAAAAAOSSSSSS！！！」

那我就如你所願。

飛龍將長長的脖子朝向衝向自己的莽撞小鬼，張嘴露出利牙。

從頭部一口咬下，咬個兩、三次，留下手腳吞進肚子——

「嘗嘗兔村的一箭吧!!」

「OOOSOOOS!?」

飛龍的咆哮沒能吼出來。

因為一支來勢洶洶的弩箭伴隨破空聲，射進牠的喉嚨。

當然，這點程度不可能對飛龍造成足以致命的傷害(Damage)。

也就是說，跟喉嚨被魚刺刺到差不多。

因此，飛龍像要嘔吐般咳了兩、三下，從口中吐出帶有腥味的氣息。

——嘖，耍什麼小聰明！

「GYAAAAAAAAAAAOSS!!!」

然後發出焦慮嘶啞的咆哮，拍動巨大雙翼飛上空中。

牠可不希望又有箭射進喉嚨。

既然如此，乾脆從上方撲過去，用爪子抓住他。

宛如狩獵野兔的老鷹。把他從空中扔下去也行。當場掐斷他的脖子也行。

只要將力道控制在不至於當場送命，卻又不可能得救的程度，應該也能為牠的痛苦出一口氣。

空中正是飛龍的領域。

看啊，把武器扛在雙肩上衝過來的小鬼，以及拚命拉緊弓弦的小丫頭，都無計可施。

牠不會一口氣殺掉他們。飛龍懷著殘忍的想法，再度振翅——

「『司掌審判、執劍之君，天秤之人呀，顯現萬般神力』!!」

閃耀光芒的神鳴一擊，來自比天空更高的天際。

於黑暗深處揮下的天秤劍，以偉大的至高神之名解放雷霆之劍。

白光從洞窟射向蒼天之下，不偏不倚貫穿飛龍的眼睛，將牠的視野抹成一片白色。

「————————!?!?!?」

這次，飛龍發出了慘叫聲。

牠當然不會因此送命，也沒有瞎掉。

飛龍眨了好幾下眼，定睛凝視，好用模糊的視野捕捉可恨的敵人。

事已至此，非得給予他們更殘忍的死亡牠才能消氣。

例如這個連在模糊的世界中都能看得一清二楚，站在最前面的小鬼。

只要當著兩個小丫頭的面將他四分五裂，她們一定會為剛才愚蠢的行為後悔。

「GYYYYYYYYAAAAAAAAAOSSSSSSS!!!」

飛龍拍擊翅膀，以維持在剛才一個不穩而降下來的高度，放聲大吼威嚇他們。

然而，衝向牠的小鬼——冒險者並未止步。如同射出的箭。

他背上瞬間長出翅膀，不，是掛在他扛著的劍和棍棒上的布。

這時，飛龍終於想通了。小鬼揮下的不是武器，而是這個。

不過區區一塊布又能如何？是想遮蔽牠的視線嗎？

在飛龍眼中，那怎麼看都是不顧後果，自暴自棄的一步棋。

「喝、啊啊啊啊啊啊啊啊啊啊啊！」

牠來不及閃躲，也用不著閃躲，任那塊布蓋在臉上。

下一刻——沉重的聲音響徹四方，飛龍因雙眼被刺中的劇痛而咆哮。

§

「成功了……！」

「別得意，快逃！」

棍棒劍士忍不住歡呼，至高神聖女提著裙襬從他身旁跑過去。

眼前明明有隻試圖將臉上的布扯下來，拚命掙扎的飛龍，她還真勇敢。

「要、要往哪裡逃咧……！」

「哇，別丟下我……！」

接著輪到白兔獵兵追過他，棍棒劍士急忙追著兩位少女，於河邊奔跑。

棍棒及劍仍然掛在雙手上。不擦掉上面的松脂就收不進刀鞘。

猶豫過後，他將繫在兩把武器上的繩子綁在腰帶上。果然很方便。

「……可是，不過，很順利耶！」

「對呀……！」

「哎呀，真的。」

他們也沒做什麼。只是騙小孩用的單純惡作劇。

將玻璃瓶碎片灑在塗了松脂、泥巴、烏頭毒的帳篷上。

一旦黏住就很難拿掉，嘴巴也會被堵住，碎片會刺進眼睛，跟那隻飛龍一樣。

就算毒對龍不管用，眼睛被刺傷不可能不痛。

當然這僅僅是爭取時間用的手段。白痴才會以為這樣就能打倒飛龍，獲得勝利。

帳篷沒了，藥水也浪費掉了，以剿滅哥布林的報酬來說虧大了。

在河邊死命逃竄的模樣十分狼狽，跑進森林時甚至開始喘氣。

儘管如此，背後是憤怒的飛龍，不斷逃跑的三人臉上卻掛著滿足的笑容。

「愈來愈接近了！」

棍棒劍士莫名有股想吶喊的衝動，喘著氣用最大的音量喊道。

跟他之間隔著白兔獵兵，有點落後的至高神聖女努力追上兩人，大叫著回問：

「接近什麼!?」

「總有一天，要去屠龍！」

那是離開鄉下地方的村子時，不對，更久以前就藏在心裡的願望。

跟誰講都會被笑、被看不起、被說沒有自知之明，事實上也是這樣。

不過，看到沒——少年心想。

離開村子，在下水道被老鼠和蟑螂追的我，跟飛龍打過了！

經歷了一堆你們這些傢伙一輩子都看不見的景象、做不到的事！

白兔少女為那渺小又微不足道，旁人聽來只會覺得可笑的勝利宣言獻上掌聲。

「哇，好厲害……！」

聽起來少了根筋，卻又誠懇純真的回應，導致少年的臉頰迅速泛紅。

「啊，你連耳朵都紅了。」背後傳來青梅竹馬明亮的笑聲。「你在害羞什麼啦！」

「才沒有！」在他怒吼之時，怪物的咆哮從河邊追來。

「不快一點的話，大家都會被吃掉哩……！」

晃著長耳的兔人跑到前方，將手伸向身後的兩人，少年抓住她柔軟的手。

「喂，你們跑太快了啦……！」

回頭一看，青梅竹馬的臉也一樣紅，拚命伸長手臂，牢牢握住兔人獵兵的手。

「……好，走囉!!」

離城鎮很遠，離夢想更遠，背後的飛龍很近。

就算這樣，成為冒險者的少年依然握緊重要的存在，踏著輕快的腳步持續奔跑。

他的——他們的冒險，尚未結束。

第2章『女孩子也會想冒險的故事』

Goblin Slayer

He does not let anyone roll the dice.

「冒險果然就是要這樣！」

先不論一刀擊墜飛過城牆的飛龍(Wyvern)的人是女性這一點，女騎士心情非常好。

翅膀被砍斷的飛龍像溺水般於空中掙扎，發出尖銳的慘叫聲掉向中庭。

在一旁待命的士兵們立刻衝過去，拿長槍、長矛、六尺棒等武器攻擊，給予最後一擊。

要單槍匹馬或以少數人跟怪物為敵的話，士兵不如冒險者，但集團戰就是士兵占上風了。

就算會被爪牙尾打飛，只要十幾二十人一口氣湧上，總會有辦法應付。

前提是對手是飛龍，真正的龍就不用說了——

「無法一擊殺敵固然令人火大，真是痛快的景象啊！」

「真的。」妖精弓手(Elf)愉悅地晃動長耳，點頭附和。「那，換我表演囉！」

她毫不費力地拉緊赤柏松木大弓的蛛絲弦，將樹芽箭射向空中。

看那纖細如樹枝的手臂，本以為那把弓肯定很軟，實際上卻跟三人用的剛弓差不多難拉。

但她笑著表示「哥哥的弓更硬喔」，所以說上森人(High Elf)就是這樣。

射向空中的樹芽箭彷彿繫著繩子，描繪出一個大圓弧。

將以為箭矢完全射偏的想法，直接釘在飛龍的腦袋上。

穿過兩個眼窩的箭頭直線射向旁邊，從隔壁那隻飛龍的翼膜貫穿心臟。

妖精弓手有如翡翠的眼眸，將色彩暈開來的天空另一側的景象看得一清二楚。

「哼哼。」妖精弓手以優雅的動作，為自己擊墜的兩隻飛龍得意地哼了聲。「接下來是西方！」

「嘖，差距還只有一而已，妳別得意！」女騎士忍不住笑出來。「我要上了！」

她在城牆上飛奔而出，速度快到看不出是個全身包覆甲冑，還拿著大盾和劍的人。

那輕盈的動作固然厲害，跑在她旁邊的上森人則恍若於無人的曠野上奔跑。

然而，其他士兵根本沒有那個閒情逸致欣賞兩位美麗的女性。

好幾個穿外套的人，蹲在城牆上鋸齒般的射箭孔後面。

是從附近召集來的風魔法師、氣候觀測師、祈雨師，幾乎都是魔法師之流。

頂多只會喚風、預測天氣、召來一點小雨。

不過，他們拚命耗損自身的靈魂，朗誦具有真實力量的話語，施展守護的法術。

對於努力從堡壘發射弓箭的士兵們來說，任何魔法都是必要的。

抬頭一看，一目了然——天空的面積占七成，敵人占三成。不曉得該不該慶幸沒有反過來。

至於城牆下方，戰況同樣慘烈。

從地平線另一端湧向這座城塞的，是畫都畫不出來的蔓延至地平線的怪物軍團。

——不，這當然只是譬喻。這麼大規模的怪物，數年前的大戰結束後就沒出現過。

然而，從森林裡蠕動著身軀爬出的混沌，數量卻多到不累積多點經驗的話，根本無法計算。

絕對不會疲憊的骸骨士兵們舉著盾牌推進戰線，半吊子的箭雨在他們面前顯得毫無意義。

肉體腐朽殆盡的亡者們中了再多箭，依然若無其事地朝這邊前進。

能打碎他們的，唯有劍、錘矛、鐵棍的一擊。

但城主沒有派出軍隊，而是任憑暗黑軍勢（Army of Darkness）攀附在城牆上，是有理由的。

兵力不足以出擊趕走敵軍。

而且萬一這座城塞淪陷，這群死靈八成會蹂躪背後的村莊。

是因為這座城塞沒有陷落，敵人才會聚集過來。

因此士兵們拚命向空中的敵人射箭，向地上的敵人射箭。

若有敵人攀在城牆上，就往那邊扔石頭或倒熱油，不夠的話連粥都潑下去。

至於那些與生者不同，毫不畏懼高溫的怪物，就趁他們爬上來後從上面用劍或長槍敲下去。

雖說不會死，從高處墜落，摔得粉身碎骨，也會動彈不得吧。

考慮得比較周到的城塞，會在城牆上開縫或裝設小窗用來防禦。

由於這裡是凡人(Hume)的城塞，大多數都是凡人，不過森人(Elf)、礦人(Dwarf)、獸人及圃人(Rare)也都在奮戰。

士兵、騎士、傭兵，負責打雜的侍女、隨從、廚師，甚至連原本被關在牢裡的罪人都團結一致。

以武器攻擊怪物、煮飯、治療傷患、修補城牆、汲水、洗衣服。

清點金庫裡的財物，調查殘餘的軍糧，將資料通通記錄下來，演奏樂器唱歌。

即使是無關緊要的瑣碎工作，也沒有任何一個會被瞧不起。

在四方世界邊境的其中一個角落展開的，是秩序與混沌鬥爭的縮圖。

是為了活下去？為了名譽？為了友情、愛情、報酬，抑或只是想回家？為了得到特赦？

不論理由如何，每個人都團結一心應戰，方為秩序。

儘管有人會搬出有智慧的大道理，對此不屑一顧，這場戰鬥讓人覺得這座城塞是位於世界盡頭的最後壁壘。

「……那個，我拿箭來了……！」

身在漩渦中的女神官也在努力做好自己該做的事，四處奔走。

兩手捧著滿滿的箭，爬上梯子，壓低姿勢在城牆上的迴廊發給士兵們。

她「噠噠噠」地像小鳥一樣小跑步著，如同在樹枝上跳躍。

當然也有受傷的士兵，每當看到傷患，女神官都會輕輕咬住下脣。

然而，她並沒有使用治癒的神蹟。不能使用。因為那並非攸關性命的傷勢。

蒙神賜予好幾種神蹟，每天能使用三次的人，是珍貴的戰力。

——一天能使用兩次火焰法術，真的很厲害。

少女已經踏進足以稱為主要戰力的領域一步，很清楚法術的使用時機。

因此，她努力用明亮的聲音大喊：

「食物也快準備好了！請各位加油！」

「謝啦！」

「不好意思，謝謝……！」

士兵們也露出疲憊的笑容，低頭接過箭矢。

畢竟不吃不喝自不用說，沒劍沒盾沒槍沒箭哪有辦法戰鬥。

能辦到那種事的，只有將武藝鑽研至極致的蜥蜴人(Lizardman)或武鬥家。

「飛龍群也少了一大半呢。」

「比起進攻，牠們比較像純粹往這邊擠過來。更可怕的是那些死人。」

「你這是跟隊長學來的吧。」其中一名士兵插嘴說道。「兩個都很可怕好不好。」

「是沒錯。」

飛龍確實不是在攻擊這座城塞，而是給人一種野牛群移動的感覺。

儘管如此，被波及到可不是鬧著玩的，也不會想正面與之為敵。

要是自己一個人被扔上前線，女神官八成也會逃走，或是嚇得僵在原地。

士兵們卻哈哈大笑。

「你知道補給物資什麼時候會到嗎？」

「輜重隊好像正在從水之都趕過來……」

因此，女神官直接將自己聽說的情報告知對方。

模稜兩可、真偽不明，士兵卻略顯高興地點頭。

他喃喃說道「是嗎，我知道了」，女神官在胸前劃了個聖印。

「願地母神保佑你……！」

她的祈禱，對於在場的士兵來說會是多大的安慰呢？

應該也有信奉不同神明的人。不過，有人願意為他們祈禱。

那是多麼幸運的事，不明白的人肯定一輩子都無法理解。

這是為了自衛的戰鬥。慈悲為懷的女神肯定會守護他們。

雖然「宿命」及「偶然」的骰子，連神明都摸不透會骰出多少點——

女神官一面祈禱不要被交錯的怪物牙爪和骸骨兵的箭雨射中，一面爬下梯子。

她吁出一口氣，思考接下來該做什麼——

「休息……一下，好嗎？」

咚。魔女輕輕撫上她的肩膀。

扭動著性感身軀走路的模樣，就算在戰場上依然是朵美麗的花。

遇到緊急情況，其魔法將成為捍衛城塞的關鍵的她，用一如往常的語氣輕聲說道。

「太、緊張……的話，會……撐不住……喔？」

「啊，是、是的！不好意思……！」

女神官害羞地低下頭。因為她覺得自己儼然是在祭典上玩瘋的小孩。

魔女用彷彿看穿她的想法的清澈雙眸望向她，輕笑出聲。

「可、是……妳很，熟練……呢？」

熟練？什麼東西？女神官聽不懂她的意思，納悶地歪過頭。

「還以為……妳會更，慌張？害怕……呢？」

──噢。

她懂了。女神官用力點頭。

「嗯，因為我從小……就在寺院幫忙。」

女神官自信且驕傲地──又不會表現得太過得意──挺起平坦的胸膛。

她幫忙治療過好幾次在大規模討伐戰或合戰中受傷的冒險者及士兵。

如今回想起來，討伐那隻大食岩怪蟲(Rock Eater)的時候，整間寺院都忙成一團──

──總覺得是很久以前的事，真不可思議。

單看經過時間的話，應該沒過太久才對，果然是因為那是小時候的記憶嗎？

明明是稱不上溫馨的回憶及狀況，女神官卻懷念得微微揚起嘴角。

過沒多久──城塞外的聲音逐漸開始減弱。

奇妙的是，不死的亡者軍勢……似乎也不是完全不需要休息。

不曉得單純是因為屍體數量減少，還是操作者魔力不足。

總不會是骸骨兵在幫彼此接上骨頭，腐敗的屍體在用繃帶包紮傷口。

至少數不清是第幾波的攻勢結束了，看來女神官他們暫時沒有生命危險。

「嘿嘿，我贏了！」

「我可是不靠近敵人就打不到喔？要扣掉這部分。」

「妳怎麼這麼不服輸。」

與戰場的氣氛格格不入——或者說再適合不過——的輕鬆對話傳入耳中。

是一聲不響爬下梯子的妖精弓手，以及鎧甲壓得梯子吱嘎作響的女騎士。

看來對於殺敵數輸給妖精弓手的女騎士來說，腳步聲的差別也是不滿的原因之一。

她碎碎念著「真是，所以說森人就是這樣」，對魔女揮手。

魔女只是加深笑意點頭，這兩位老練的強者之間似乎能心靈相通。

——真好。

女神官忍不住這麼想，可是看到人家這樣馬上就跑去模仿，實在很難為情。

因此，她小跑步跑向妖精弓手，對她說「辛苦妳了」。

「沒什麼。」妖精弓手抖動長耳。「因為這次有個可靠的同伴幫我擋攻擊，哪像歐爾克博格。」

「哼哼，讓妳見識見識我那不輸給那位聖女的技術！」

認為自己在被稱讚的女騎士得意洋洋地說，美麗的臉上浮現笑容。

穿著鎧甲都如此美麗了，不過由於兩人的對話是這種內容，勇猛的氣質更勝一籌。

然而，她接著垂下形狀姣好的眉毛，不滿地嘆氣。

「哎，沒辦法一擊殺掉牠們，我還有得學呢。」

「哪有聖女能一擊殺掉飛龍啦。」

居然是因為這種原因，妖精弓手無奈地輕拍她的胸甲。

清澈的聲音不像一般鎧甲能發出來的。若礦人（Dwarf）道士在場，想必會幫忙說明這身鎧甲是多好的東西。

或者若蜥蜴僧侶（Lizardman）在場，肯定會幫忙解釋兩人精湛的技術。

——如果哥布林殺手先生在……

「不，真的有喔。還有歌頌她一刀砍下飛龍的詩歌呢。」

他會有什麼反應呢？女神官邊想邊分享自己知道的知識。

妖精弓手傻眼地表示「比起聖女，那更接近猛女」。

「總……之……先，回去……一趟，吧……？」

魔女愉快地笑著看她們聊天，瞇起寬帽底下的眼睛。

進要塞休息吃飯。即使是上森人，生命力也並非無窮無盡。

妖精弓手應該也很疲憊，只是自己沒注意到罷了。

「…………什麼東西？」

女神官急忙伸手拿掛在腰上的水袋，聽見妖精弓手嚴肅的呢喃。

看來她在說的不是累不累的問題。

女神官將視線從腰部往上挪，妖精弓手狠狠瞪著高空。

太陽又高又刺眼。天空一片湛藍，陽光看起來微微泛黃。

「沒有聲音……可是，有東西要來了……！」

天空轉陰——和女騎士默默跳躍，不曉得何者比較快。

女騎士以讓人覺得看見白色的風或光的速度飛奔而出，躍向空中。

至少肯定比女神官拿起錫杖，還要早一、兩步棋。

女神官隨著她的行進路線看過去，終於看見那個。

「那、是——」

看似飄在空中的薄霧的那東西，迅速膨脹起來，開始成形。

巨大翅膀及銳利的角。身周纏繞冰冷白光的那東西是——

「……鳥和……鹿……？」

感覺像這兩種生物混在一起，讓人懷疑自己精神有沒有出問題的怪物。

面對明顯是混沌野獸的存在，女騎士卻跳到牠頭上。

在城塞中庭刻下足跡的一躍，輕易跳過那隻怪物。

同時朝正下方刺出想必能輕鬆斬斷飛行生物命脈的一劍。

不知道是在與飛龍交戰時做了改良，還是古老的劍術。

不過，她那足以成為致命一擊的斬擊——

「……唔……!?」

明明貫穿了怪物，劍卻像劃過空中似地直接穿過去。

女騎士呻吟一聲，在空中硬是扭轉身體，調整姿勢，輕盈降落於城牆上。

然後謹慎地舉起劍和盾，彎腰擺好架勢。

「是幻術之流嗎……!?」

「……有種在那邊又不在那邊的感覺！」

回答她的是妖精弓手語氣凝重的銀鈴般聲音。

她單膝跪在中庭，拉緊大弓——卻掩飾不了臉上的困惑。

「我感覺不到牠的氣息……！射不中！」

即使是咬牙切齒地說出的這句話，上森人的聲音依然悅耳。

與突然現身於空中的怪物交手過一劍的女騎士，以及妖精弓手的聲音。

不知所措、差點陷入恐慌的士兵們，也勉強拿起武器，進入備戰狀態。

隔了一拍將這些景象盡收眼底的女神官，拚命動腦思考。

自己能做什麼？該做什麼？該使用神蹟嗎？該祈禱——

「……住……手。」

魔女柔軟的手指滑過肩膀及背部的觸感，溫柔制止了女神官。

「咦……」從口中傳出的聲音不知為何比平常還要尖，女神官不禁羞紅了臉。

她僅僅摸了自己一下，就足以讓專心朝天獻上的祈禱煙消雲散。

「真面目，不明的……東西……還，不能……碰。」

魔女仰望天空，卻有種不曉得在注視何方的感覺，低聲說道。

女神官完全無法理解這句話的意思。

出自魔法師之口的有魔法師風格的言論，無論何時都是如此。礦人道士偶爾也會這樣。

經過這一、兩年來的冒險，女神官得出暫時的結論。

——就是那種東西。

講一堆複雜的理論又能如何？他們和她們使用的可是魔法。

「……好的。」

因此，女神官瞪著那隻藍黑色的怪物，輕輕點頭。

她剛才說「還」。既然如此就相信她吧——她乖乖決定聽話。

「是嗎？」魔女的呢喃透出一絲喜悅。「乖、孩子……」

別這樣。女神官用脣語說道，筆直凝視敵人。

既然時候到了，必須想好一個應對措施。

——至少那個人應該會這麼做。

「——還以為是多厲害的傢伙，結果比想像中還弱啊。」

所以女神官馬上意識到，忽然響起的嘶啞聲音，是出自那隻怪物口中。

那隻分不清是鳥還是鹿的怪物，轉動死魚般的眼珠子說話了。

「……你說什麼!?」

最先有反應的是舉著劍的女騎士。

她用至高神信徒不該有的語氣啐道「混帳東西（Gygax）」，放聲大吼：

「挺有種的嘛！給我下來！我要砍下你的頭，整隻把你燒了!!」

「如妳所願，明天同樣的時間，我會再來。」

混沌的怪物以聽起來像從喉間擠出的笑聲回應。

然後跟出現時一樣煙消雲散，彷彿打從一開始就不存在的瞬間——

「畏懼那一刻的到來吧！然後——為自身的無力哀嘆，去死吧!!」

怪異在空中畫了個圈，位在其下的士兵明明沒被碰到，卻接連倒地。

怪異像要汙染藍天似的，拋下這句話。

§

他們不是因為沒錢吃飯才去當傭兵的。

再說，冒險者不會成為傭兵。反過來的情況倒是有。

因為去洞窟找寶箱，比在大戰時砍下敵軍的首級賺得更多。

同樣要賭命的話，當冒險者比較好——雖然得升上一定的等級。

想出人頭地的人，一開始就會加入軍隊，不然就是去當冒險者。

有了名氣後受封為騎士或貴族，擁有自己的領地和軍隊，這時就算「走到終點」了。

也就是說那已經稱不上冒險者，當然也不是傭兵。

冒險者受雇於軍隊參加大戰的理由有二。

打倒敵軍的怪物、潛入敵軍的要塞擊敗首腦。或是奪回機密。

不對，這樣是三個。剿滅怪物、暗殺、奪回機密、救出被擄走的公主。也就是四個。

無論如何——

女神官並不是屬於上述四種情況的冒險者。

簡單地說，她是被牽連進來的。沒錯，第五個。

「咦，今天哥布林殺手先生不在嗎？」

數日前的冒險者公會，女神官驚訝地睜大眼睛詢問。

早上祈禱完畢，整理好儀容後，她來到冒險者公會，看見櫃檯小姐滿面愁容。

「是的。不對，他今天有來，可是剛才——那個，被帶走了。」

她說長槍手和重戰士來了，強制把他帶走。

若是只有長槍手，櫃檯小姐還會念個一兩句，然而——

「他們好像要找斥候（Scout）……不是全部的委託都由我管理。」

櫃檯小姐露出苦笑。

不是不能跟同事確認，但這樣有種濫用職權的感覺，吧。

「是嗎……」女神官回答。她不清楚公會的內情，連想像都無法想像。

櫃檯小姐瞇起眼睛，彷彿看見什麼溫馨的畫面，不曉得是如何理解她的表情。

「他變了。」

「咦？」

「已經兩年了。之前一直單獨行動的他，開始和您共同行動，組成團隊（Party）……」

如今，他會接到有名人（Big Name）的委託前往異國，有時還會有其他團隊（Party）向他求助。

櫃檯小姐彷彿在緬懷過去，感慨地咕噥道「他真的變了呢」，歪過頭。

麻花辮靜靜垂下，有種陀螺鼠或松鼠垂下尾巴的感覺。

「高興歸高興……總覺得，有點寂寞呢？」

「這個嘛……哎。」

她不好意思否定，但贊同她也很幼稚，因此女神官搖頭蒙混過去。

「我也不能一直都，那個……只會跟著他到處跑。」

「……妳長大了呢。」

櫃檯小姐伸出纖細美麗的手指，磨得整整齊齊的指甲在女神官的胸口處彈了一下。

掛在胸前晃動的識別牌，閃耀著她還看不慣的顏色。

「不愧是藍寶石等級的冒險者。」

「別、別逗我了……！」

她紅著臉回嘴。櫃檯小姐看了，輕笑出聲。

女神官差點鼓起臉頰，但她覺得這個反應太幼稚，繃緊神情。

畢竟她不習慣被誇——不如說，她根本沒有自覺。

等級確實提升了。不過，當事人的感覺並不會因此改變。

直到昨天都還在一步步努力走過來的自己，跟今天爬上一層樓梯的自己並無二異。

是連續的，是持續的，毫無變化──她這麼認為。

實在不覺得自己有辦法跟幾位冒險者前輩一樣，拿出主要戰力該有的風範。

在她心中，自己還是新手、新人，搞不清楚方向。

──好吧，仔細回想起來，她確實進步了許多……

光是遇到龍還能活著回來，應該就是很了不起的經驗。

假如她遇到那樣的冒險者，肯定也會稱讚對方「好厲害！」。

在當事人眼中卻並非如此──大概是這樣。

──如果有辦法瞬間知道自己的實力和技術就好了……

女神官腦中浮現這種作夢般的念頭，忍不住嘆氣。

「怎麼了嗎？」櫃檯小姐面露疑惑，女神官搖搖頭。

「沒什麼，只是覺得……不太習慣藍寶石等級。」

「呵呵。到時就會習慣怎麼表現得有模有樣了。」

櫃檯小姐說，女神官以模稜兩可的態度點頭回應「好的」。

──那麼，該怎麼辦呢……

蜥蜴僧侶在老朋友的委託下，帶著礦人道士出門了。

所以今天，她本來以為會跟哥布林殺手和妖精弓手二人一起去冒險。

行程卻突然空下來了。

那當然是沒有確定、稱不上計畫的計畫。大可自由行動。

她不討厭放假，可是遇到這種情況還真不知道該做什麼。

因為她起床做準備時，一開始就決定好今天要工作了。這樣的話——

——看怪物辭典（Monster Manual）補充知識吧。

練習揮錫杖或投石索（Sling）也可以，但她現在更想看書。

畢竟怪物不只哥布林。在剿滅小鬼的過程中，隨時有可能遇到其他威脅。

——事實上，之前就……

雖然龍沒那麼好遇到，應該也不是知道弱點就打得倒的生物。

不過，也聽說過有冒險者遇到螳螂男，莫名其妙就被殺掉——

「怎麼？妳也被拋下啦？」

女神官看著公會的書櫃時，中氣十足的美聲忽然跟她搭話。

轉頭一看，容貌清秀，卻藏不住不滿情緒的女騎士站在那裡。

不知道她的個性，八成會以為她是個面帶愁容的美女。幾位女性新手冒險者小聲尖叫。

「是的……嗯，被拋下了。」

對女神官來說，她則是有幾面之緣的前輩。

也有那個餘裕模仿她的語氣強調不滿，和她相視而笑。

「真是。那些人真過分……玩弄純情的少女心。」

女騎士用力哼氣，聳了下肩膀。女神官無法分辨那句話是真心話還是冗句。

「男……生，真是……自我中心……呢。」

輕快地加入這段對話的性感聲音，令女神官挺直背脊。

因為她覺得在這個人面前，自己依然很青澀——

「我也……是。被，拋下……了。」

「兩位都一樣嗎……」女神官眨眨眼。「其他人呢——？」

「我家那兩個小鬼和管帳的，被妳那邊的礦人帶去增廣見聞。」

被女騎士這麼一瞪，女神官只能乖乖道歉。

他們事前就商量過，也知道這件事，但還是要道歉。

——這就是所謂的「學會做人」嗎？

跟人交涉的技能提升是很好沒錯，但她沒什麼感覺。

若有能一眼看出自己的技能及能力的力量，果然是了不起的恩惠吧。

「唔，我才想問那個森人呢？」

「噢。」女神官不確定地望向天花板。「我想她還在睡。」

「意思是有空囉。好，決定了！」

女騎士一副想通什麼的模樣拍了下手，「喂！」對櫃檯大喊。

跟他們的團隊（Party）很熟的職員「啊，好的」，心領神會地開始在文件櫃上翻找。

不明白狀況的女神官及魔女——大概——面面相覷。

「喂喂，戰士……更正，騎士、魔法師、神官、獵兵（Ranger）都有了，要做的事只有一件吧？」

女神官記得很清楚，女騎士看到她們的反應後，如同猛獸般露出了牙齒。

「就是冒險！」

§

「難道就不能不乖乖配合其他人，直接殺進敵陣把怪物全砍了嗎？」

「不能吧。」

「是嗎…………是嗎？」

「這位騎士大人怎麼這麼不死心……」

她們答應女騎士的邀約，遇到了這種事。

傍晚，火紅的陽光照進城塞的食堂——空有食堂之名的大廳。

裡面放了毛皮地毯和好幾個用來當椅子兼桌子用的長櫃，士兵們慢吞吞地吃著飯。

身材嬌小的女神官坐在其中，為妖精弓手和女騎士的對話笑出聲來。

這兩個人不知為何還挺合得來的。

「果然是氣勢不足啦，氣勢。我一拿出真本事，連空中那些傢伙都能一刀兩斷。」

「連森人的勇者都得在萬全狀態下才能射出斬擊，凡人哪可能辦得到。」

「嗯嗯嗯……」

女神官再度乾笑。該高興她沒陷入消沉。大概。

她瞄向魔女求救，魔女卻只是優雅地抽著菸管。

每當她大膽地換了一隻腳翹，士兵們的目光都會飄向大腿……

——她自己也知道……吧。

女神官也羞得面紅耳赤，不得不低下頭，真的很傷腦筋。

託她的福，平坦胸部底下的心臟撲通亂跳，大腦也無法好好運轉。

城塞這種設施屬於軍方的管轄範圍，不過軍隊以外的人也有機會造訪。

——為什麼會變成這樣……

畢竟軍隊所到之處，後面都會跟著祭司、娼婦、商隊，甚至是專門去戰場上撿剩餘的財寶之人。

將商品堆在馬車等交通工具上，到城塞做生意的商人也並不罕見。

這樣的話，擔任那些人的護衛即為冒險者的工作，也就是冒險。

女神官是不反對接下這件委託，但總不能一個人決定。

她先展開小小的冒險，探索根本沒地方踩的床鋪，找妖精弓手商量。

她的回答當然是「那樣也不錯！」十分簡潔有力。

而四名女性聚在一起護衛馬車抵達城塞後——就遇到了剛才的狀況。

生意談到一半，突然湧出飛龍及死者的軍勢，來了場激烈的攻城戰。

女神官她們的委託，當然在護送商人抵達城堡時就已經完成。

沒接到委託，賺不了錢，與自己無關，所以別管他們回去吧。

……會講這種話的人「根本稱不上冒險者」，是妖精弓手的意見。

既然是出於喜歡才投身於冒險，有冒險的機會就該高興。

——因為我們是冒險者。

「……不過，怎麼辦呢。」

女神官將加了洋蔥、馬鈴薯與少量肉塊的豆湯送入口中，自言自語。

不肯現出實體，偷偷接近的藍影。飄在空中的那隻融合鳥與鹿的惡夢般的怪物。

她從未見過，也從未聽說過。感覺怪物辭典也不會記載。

要說可以確定的——

「……不是哥布林。」

「那是……鹿鷹獸……喲。」

「咦……？」

突如其來的這句話，使女神官眨了下眼睛。

回過神來，一直在抽自己的菸管，置身事外的魔女，正斜眼瞄著她。

女神官緊張地挺直背脊，魔女揚起嘴角，又說了一次。

「藍色，影子的……野獸……從夢幻之中出現的……不存在的，生物。」

她的話語、說明模糊不清，宛如身在霧中。

女神官卻豎起耳朵，以免漏聽任何一個字，望向魔女。

「所以，不可能……打倒牠。不存在的……野獸，只能在，獵人的……夢中狩獵。」

「夢中……」

魔法師所說的話雖然無論何時都難以捉摸，應該不會騙人才對。

女神官皺眉拚命思考，沉吟過後，得出一個結論。

「原本就……不存在的生物……無法打倒？」

「因……為，一開……始，就不……存在……嘛？」

——可是……

這樣的話，有個無法解釋的部分。

既然不存在，牠不是也應該無法對他們做什麼嗎？

襲擊人類、殺掉士兵，對他們宣戰，指揮不死者——

「……不存在……卻存在。」

「是，呀。」

魔女點頭同意女神官的呢喃，呼出一口甜美的氣息。

從豐唇吐出的煙霧，就這樣飄在空中，描繪出不可思議的圖案。

女神官追著它看，以尋求神祕的解答，依然面色凝重地沉吟。

接著，她終於「唔——」發出孩子般的呻吟聲，趴到桌上。

倘若沒有接受過寺院嚴格的教育，她肯定會把頭髮抓得一團亂。

「我、我不懂……」

「對啊！給我講清楚，講清楚一點！」

用力拍打桌子的聲音響徹四周，蓋過她無助的咕噥聲。

是臉紅的女騎士，不知道她是中途聽見她們的對話，還是喝了酒。

看她手上拿著啤酒杯，十之八九是後者。

她「咚」一聲將酒杯放到桌上，周圍的士兵自然都往這邊看過來。

「所以到底有沒有辦法打倒！會流血就殺得了吧。我想知道的是這個！」

「……」魔女困惑地，或者說是愉悅地瞇起眼睛。「……打得、倒？」

「那就好！」

女騎士大聲重複一遍「很好！」撿起倒在腳邊的酒壺。

然後連杓子都沒用，將還剩不少的酒一飲而盡。

「簡單地說就是贏得了！各位放心玩樂，喝酒吃飯，然後睡覺吧！」

女騎士毫不猶豫地說出大膽——講難聽一點是毫無根據——的臺詞。

女神官當場愣住，周圍的士兵卻立刻「喔喔！」以吆喝聲回應。

「銀等級的騎士小姐都這麼說了，那就是贏得了！」

「我可不是普通的騎士！」

女騎士「唔」可愛地噘起嘴巴。不可思議的是，這個表情很適合她標致的面容。

「我可是侍奉至高神的聖騎士!!」

回應她的是「沒錯沒錯！」的歡呼。

沒有半個士兵想維持消沉的心情面對可畏的敵人。

光是有人能給予他們勇氣，對他們來說就足夠了吧。

不久前還很安靜的食堂瞬間熱鬧起來，儼然是場提早舉辦的慶功宴。

他們甚至從倉庫裡拿出酒壺，將培根、火腿、麵包等省著吃的糧食都搬出來。

本以為士兵長或城塞的指揮官會阻止，結果帶頭的人就是他們。

女神官在這場喧囂中，發現女騎士瞄了她一眼，閉上一隻眼睛。

——……好厲害。

先不論這是自然的舉動還是有意為之，女騎士讓氣氛煥然一新了。

不，在眾人環視下大吵著「我不懂我不懂」的自己，反而更——

——……不行不行。

降低自我評價、陷入低潮、煩惱、在原地裹足不前，也不會有任何改變。

要先動腦思考，採取行動。那個人八成會這麼做。

「……好。」

女神官重新認真思考起來，連魔女溫柔的視線都沒察覺到。

——那隻怪物是不存在的生物。

不存在的生物無法消除。

因為，一開始就不在那裡。

「所以，也就是說……？」

「只要射中牠就行了吧？」

妖精弓手銀鈴般的清澈聲音，滑進她專注的大腦。

「咦……？」

回頭一看，她不知何時移動到窗邊了。

她坐在窗框上，任風吹拂髮絲，愉快地看著吵吵鬧鬧的人們。

高度降低許多的夕陽將世界染上紅色，上森人卻是例外。

最後那道陽光，將她的頭髮照成璀璨的金。

而那名上森人甩了下手，輕描淡寫地說。

「想辦法射中那東西就行。不是嗎？」

「咦，啊……」女神官拚命整理混亂的思緒。「是這樣嗎!?」

她轉動纖細的脖子望向魔女，魔女一語不發，手指彈了下寬帽的帽簷。

事實勝於雄辯。

「存在卻不存在的東西是什麼。重點是這個。」

只要猜中答案，就代表牠「存在」。

妖精弓手輕鬆地說，露出笑容，宛如一隻得意的貓。

「很簡單吧？」

「原來如此……！那——」

那就有辦法打倒。

女神官握緊拳頭點頭，以免放走好不容易抓到的答案。

敵人說他會在正午出現。

既然如此，就在那時候埋伏。前衛是女騎士、妖精弓手。後衛是魔女。她自己。

真實身分被揭穿後，敵人不可能還悠哉地留在原地。

因此進攻的速度要快。這樣代表兩名前衛不會有時間解謎。

不是由自己負責，就是她。女神官迅速思考到這個階段——垂下眉梢。

「我做不到。」

她發出打從心底感到無助的聲音。

比起自我評價低，她覺得這是純粹的事實。

因為實際上，至今以來，她自己從來沒講過接近答案的事情。

重點在於，現在這個團隊（Party）——這四個人中，最有智慧的人不是自己。

「比起我——」

妳更適合。

不過，即將說出這句話的嘴唇，被伸出來的纖細手指封住。

「魔法師……呀，會在，意義不明的……狀態下，使用……意義不明的，東西。」

女神官嚇了一跳，將未說出口的話吞回去，魔女以如歌般的語調接著說：

「因為……一旦賦予它，一個意思……就，只有，那個意思……了。懂嗎？」

女神官不太能理解這句話。

她從魔女的指尖上感覺到又甜又苦、疑似菸草味的淡淡氣味，急忙移開嘴脣。

沒錯，她無法理解。如字面上的意思，籠罩著一層煙霧。

不過——她很明白魔女想表達什麼。

證據就是她陶醉地眯起眼睛，用甜美的聲音輕聲說道。

「所、以……猜猜看，吧……？」

——由妳。

§

「……怎麼？睡不著？」

當然不可能睡得著。

兵舍的床簡樸卻柔軟，躺起來比寺院舒服許多。

就算跟冒險者公會的旅館比，至少一定比簡易床鋪高級。

裹著毛毯，凝視天花板，閉上眼睛，輾轉反側，再度睜開眼。

雙月冰冷的月光從窗戶縫隙間照進，帶來一股涼意。

除了睡在周圍的士兵——當然是女性士兵——的呼吸聲外，什麼都聽不見。

女神官毫無睡意，翻了好幾次身，想快點入睡卻睡不著。

這樣下去會不會直接看到日出……不。

——就算睡著了，會不會在睡夢中被殺，再也醒不過來？

不安忽然湧上心頭，女神官覺得自己很蠢，嘆了口氣。

這個想法太膽小，大可一笑置之，不過……

正因如此，突然叫住她的聲音，足以讓她放下心來。

「呃……」

女神官想了一下，決定假裝自己沒有在故作鎮定。

「……是的。我睡不著。」

「哎，正常的。能立刻睡著也算某種才能。」

隔壁的床上傳來女騎士平靜的聲音。她說，真羨慕那個森人。

聽說森人本來不需要睡眠，是真的嗎？

或者，搞不好他們可以自由入睡、自由醒來。

不管怎樣——

——……確實令人羨慕。

想到睡在另一側的床上，那位如同姊姊的忘年之交，女神官點頭。

「那個，妳呢……？」

「碰巧醒來罷了。我睡到剛剛喔？」

女神官翻過身，由皎潔月光照亮的美貌映入眼簾。

面帶淘氣微笑的女騎士，也一樣面對著這邊。

「大戰或冒險的前一晚，我經常興奮過頭，結果就是妳現在看到的這樣。」

月光下的標致容顏，露出頑童般的表情。

女神官十分迷惘該如何回答，向兵舍的天花板尋求答案。

結果只勉強擠出一句「好厲害」。

那無疑是事實。

至少女騎士沒有她現在胸懷的焦躁感，而是只有興奮。

「哼哼。」女騎士得意地挺起毛毯底下那座比女神官高的丘陵。

「不過，哎，也只有八成興奮而已。不如說任何戰鬥，只要能拿出八成、六成的實力就行。」

她眨了下眼。女神官拿毛毯蓋住嘴巴，偷看女騎士。

「……是這樣嗎？」

「沒錯。總不能無時無刻都全力應戰吧。」

「這……」確實如此。「……說得也是。」

「對吧？」語畢，女騎士揚起嘴角，補充道：

「我想想，例如……明天要上戰場。我會想像自己能做到什麼地步。」

女神官吞了下口水，輕輕點頭。她自己也覺得這個舉動很像小孩子。

「想像一刀接著一刀，把蔓延至地平線的怪物通通砍死的畫面。」

「噢、噢。」

「會想像對吧？」

「……呃，是的。嗯。」

女神官含糊其辭。不過這麼一句話似乎就足以滿足女騎士了。

「可是呢，實際上戰場後，能在一場戰鬥中殺掉的——雖然要看是哪種敵人——差不多也就五十隻左右。」

她的語氣……如同在跟母親抱怨晚餐不符合期望的小孩，接著說道。

「起初以為自己能以一敵千，結果只有五十隻。以為自己能殺掉五十隻，最後只有三隻。」

是這樣嗎？

就是這樣。

細微的交談聲和隨便的回應，接著是直指核心的一句話。

「妳害怕成長嗎？」

「啊，不是，那個。」

會是會。會是會，不過，女神官害羞地再度把毛毯拉向嘴巴。

「……不如說，大家都很厲害。想到這一點就覺得我還……」

中午的戰鬥，以及在食堂吃晚餐時女騎士展現的風範。

在這名女騎士面前，自己哪有臉擺出一副了不起的模樣。

不對，說起來，光是拿自己跟她比較就夠不自量力了，不如說該感到羞愧。

她經常這麼認為。

最近，女神官才終於有辦法告訴自己，自己應該也表現得不錯。

「傲慢不羈有什麼錯？」

女騎士忽然隨口說出將她的不安驅散的話，翻身仰躺在床上。

女神官被床板的吱嘎聲影響，跟著望向天花板。

老舊又粗糙，很難稱得上漂亮的木頭天花板。是戰場的天花板嗎？她心想。

「就算有人在背後說三道四也一樣。反正那種人就只會看自己想看的。」

「只會看自己想看的？」

「他們會無視我們一路以來所做的努力，覺得我們是因為強才在那邊得意忘形。」

哼。女騎士用力哼氣，不屑地說。

——說不定。

女神官腦中忽然浮現這個推測。說不定，真的有人對她說過這種話。

不對，自己不也想過類似的事嗎？

看到她在戰場上的英姿，她只覺得「好厲害」。

明明女騎士應該做了不少努力，才走到這一步。

「誰管他們啊。我要愈來愈驕傲，順便把他們的腦袋也踩在腳底。」

在他們搖擺不定的期間，我們要持續往高處爬。

因此，女騎士這句話對女神官而言，彷彿位在刺眼的高度。

──理所當然。

自己和她當冒險者的時間差太多了。走過的道路、累積的經驗無法相提並論。

不只女騎士，自己和自己追隨的那位奇妙冒險者也一樣吧。

其他同伴也一樣。至今以來遇見的許多人也一樣。

──也就是說。

追得上……嗎？

「……哎，這是成為『強大的』冒險者的思考模式。我不知道那算不算『好的』冒險者。」

「不知道？」

才剛這麼想，對方就潑了桶冷水，害女神官反射性回問。

「不知道就是不知道。」

女騎士像在鬧脾氣似的，噘起嘴巴回答。

「我是清廉正直的冒險者，但是好是壞是由他人決定。妳怎麼樣不關我的事。」

「可是，妳不是有在教其他人嗎？」

女神官噘起嘴反駁。

她當然不是真的生氣，也沒在鬧彆扭。

當事人肯定會否認，不過用「在撒嬌」一詞形容，或許是最貼切的。

「因為我有事先跟對方約好，不管怎樣我都無法負責，也不會負責。」

再說，想負責也無從下手啊。女騎士愉悅地笑著說。

「死了幫他報仇之類的？還是要我從此不當冒險者？自殺？這樣就能負責？」

即使對方走歪了，我把他痛扁一頓，同樣稱不上負責。女騎士彷彿在講再正常不過的事，哼了一聲。

「至高神叫我們要學會自己思考。到頭來，不管自己有什麼樣的下場，都不能怪別人。」

這個說法，女神官也不是不能理解——不對，是很能理解。

至今她仍經常想起第一次的冒險。

結果悲慘，他們試圖避免，不過，肯定不是任何人的錯。

如果有人說那場冒險失敗的原因，在於其中一名同伴身上，她反而會大聲否定。

至少——就算她當時能力不足——應該不是任何人的錯。

——所以，到底是什麼意思？

女騎士所說的「強大的」冒險者，不是「好的」冒險者嗎？

「好的」冒險者又是？

女騎士、妖精弓手、魔女、哥布林殺手，她都覺得是「好的」冒險者。

不，歸根究柢，自己想成為的是怎樣的冒險者……？

不曉得過了一分鐘、五分鐘，或者連十秒都不到，女神官死心地嘆了口氣。

「比起擔心……思考勝利的情境好像比較好。」

「凡事都是愈大愈好。」

女騎士笑道。笑著移動視線，女神官知道她在看其他床鋪。

性感的呼吸聲。撐起毛毯的豐胸描繪出美麗稜線。是魔女睡的床。

我知道。女神官咕噥道。然後跟女騎士一起壓低音量笑出來。

過沒多久，笑聲中斷，女神官發著呆將視線從天花板移向窗外。

月光仍在照亮黑夜，淡淡的白光落在床上。

「那個。」開口雖然需要勇氣，一旦說出來，剩下就簡單了。「為什麼……」

短時間內沒有回應。

女神官覺得她應該已經睡著時，自言自語般的聲音傳來。

「為什麼跑去當冒險者嗎？」

是的。女神官沒有發出聲音，在毛毯裡面點頭。

「雖然不用問也能跟妳相處，我不希望直到最後都不知道原因。」

仔細回想起來──她跟這名女騎士，或許是第一次聊這麼多。

用不著知道對方的情況及過去，也能成為同伴。能成為朋友。能並肩作戰。

可是，有時直到最後都不會知道。

這會讓她覺得非常惋惜。

「哦。那就是妳的動機啊。哎呀，遲早會聊到的。我嗎？我啊。」

女騎士陷入沉思，窸窸窣窣地在床上扭動身軀。

不曉得是在整理思緒，還是猶豫該如何回答。不久後，她像放棄思考般吁出一口氣。

「以前，有個國家發生政治鬥爭。王子殺了父親及兄弟姊妹，篡奪了王位。」

那是過去的事。

獨自倖存下來的公主，似乎跑去委託王弟的私生子──也就是身為堂哥的冒險者復仇。

女神官覺得就她所說，比起委託，更接近趕過來救人。

但女騎士始終堅持那是委託，為了與篡位者戰鬥才挺身而出。

不管怎樣，那名冒險者和公主擊退了大量的刺客，終於打倒篡位者。

接著就消失了——

「……那兩個人是？」

「說是我爸媽或祖父母，聽起來會比較威風，可惜是很久以前的祖先。」

是真是假也不知道。女騎士瞇起眼睛，彷彿在撫摸小時候從河邊撿來的石頭。

「不過，我決定相信那是事實。」

因此她帶著家裡代代相傳的劍技離家，成為冒險者，那就是一切。

故事好像就這樣結束了。

女神官想了一下，揚起嘴角說道：

「……也就是公主殿下呢。」

「哈哈哈。是啊。當時是叫姬。姬……姬騎士。」

女騎士的語氣十分溫柔。

「睡吧。明天有一場大戰要打。雖然我可以理解妳期待到睡不著的心情。」

「……好的。」

女神官回答，重新蓋好毛毯。

閉上眼睛的前一刻，她又往窗戶瞄了一眼。

雙月散發耀眼的光芒，她卻不再覺得冰冷。

§

過沒多久，太陽即將升上天頂。

城塞周圍充滿劍戟聲、箭矢飛舞的聲音、拚命詠唱的咒文。

士兵們疲憊不堪，有時還會關心天空的情況，不過鬥志依然旺盛。

離士氣低迷相去甚遠，城塞陷落這種事不可能發生——表面看來。

女神官身在其中，站在城塞的中庭。

她拿著錫杖集中精神，以免緊急情況發生——但什麼事都不做還是挺不自在的。

「……為什麼牠要刻意用這種計策呢？」

「當然是因為直接打沒勝算吧——？」

所以，她很高興妖精弓手回答她下意識脫口而出的自言自語。

她單膝跪在隱蔽處，為弓裝上蛛絲弦，晃動長耳。

「因為左右戰爭（War Game）結果的不是個人（Unit），而是指揮官。」

我也是聽爺爺他們說的。妖精弓手說道。

她應該也沒有參加合戰的經驗，不過身邊有參加過神代戰爭的老者。

即使只是聽來的，其知識量想必和女神官判若雲泥。

「差別那麼大呀？」

「這個嘛，凡事當然都有例外，但就算有特別強的英雄在……基本上也是這樣吧。」

然而，冒險不同。

在冒險中派得上用場的，是個人的本事、體力、智慧、勇氣。

「所以如果這是冒險——冒險者一旦輸掉，大家都會逃走。」

「呃……」女神官思考起來。「意思是，感覺像騎士跟騎士在單挑？」

「就是那種感覺。」妖精弓手閉上一隻眼睛。「我們責任重大喔。跟平常一樣，千萬不能輸。」

女神官點頭，望向在瞭望臺繼續指揮士兵的隊長。

兩人沒講過幾句話，女神官對他的印象非常薄弱，但他的指揮能力肯定很優秀。

否則這麼小的要塞不可能有辦法撐到現在。大概。

——慈悲為懷的地母神啊……

她默默在心中朗誦聖句，為他祈禱祝福。願神保佑那位祈禱者。

「……還好嗎？」

由於她忽然沉默，妖精弓手大概是覺得她在緊張或不安。

隔著一段距離，她仍然對自己投以筆直的目光，導致女神官忍不住露出不合時宜的微笑。

有人為自己祈禱平安，真的很溫暖。

「是，沒問題！」

是嗎？妖精弓手揮了下手。女神官看出她的嘴型在說「加油」。她很高興。

上森人沒有再說話，停止動作，宛如森林裡長了青苔的石頭，隱藏氣息。

女神官沒有特別去四處張望，不過其他人肯定這麼做了。

女騎士和魔女想必都待在一開始決定的位置，躲得好好的。

──那麼，我只需要把該做的事做好……對吧。

那個奇妙又奇怪的冒險者，會擔心自己嗎？八成不會。

既然如此──她就該成為不會讓他操心的冒險者。

女神官重新下定決心，咬緊下脣，凝視天空。

太陽應該已經要升上正午的位置。

然後──那東西毫無前兆地出現了。

狂風吹過，數名士兵碰到如同一陣疾風跑過去的影子，紛紛倒在地上。

「哦，小丫頭，妳竟然留在這邊，沒有逃走嗎？」

怪物跟昨天一樣，身旁圍繞令人毛骨悚然的冰冷白光，現身於此。

女神官覺得，那是死亡的溫度。

鹿與鳥混在一起，簡直像從惡夢中爬出來的異形存在。

飄在空中的模樣，是藍天裡最醜陋的汙點。

「……是的。」

女神官握緊錫杖，一邊留意腳下的地面，一邊面向怪物。

手沒有發抖。聲音也沒有發抖。視野清晰，兩腿站得穩穩的。

「那就獻上妳那條命吧！」

怪物則發出愉悅至極的咆哮。

牠應該滿腦子都在想要如何踐踏女神官——這名可憐少女的尊嚴吧。

「現在開始——是殺戮的宴會！」

然而，女神官清澈的聲音響徹戰場，彷彿要否定那隻怪物的慾望。

「喊出我的名字，我就會消失——我是誰！」

§

「哞……!?」

鹿鷹獸倒抽一口氣。

沒錯，藍色影子的野獸沒有發現，戰爭已經揭開序幕。

若這是尋常的戰鬥，鹿鷹獸八成會毫不介意地踩碎少女的頭蓋骨。

或是踩爛她的四肢後，像敲開核桃般慢慢壓碎她面露恐懼的腦袋。

可是，唯有這時無法這麼做。

下戰帖的是鹿鷹獸，收下戰帖的是這個小丫頭。

在這個前提下——這名少女拿錫杖指著牠，堂堂正正向怪物宣戰。

猜謎（Riddle）不僅是小孩子的遊戲。

而是自古以來，以神之名舉辦的重要儀式兼決鬥。

有言語者、有智慧者才有那個資格，至高無上的決鬥方式之一。

就算是神明，就算是魔法師，在這場遊戲中也不能作假。

無法理解這一點的人，還是去研究圃人（Rare）的冒險吧。

或者去解五頭龍的謎題，或是去和龍打個兩分鐘。

無論如何，鹿鷹獸已經無法逃離這場猜謎遊戲。

指著牠的錫杖、對面那雙清澈的眼眸，或是更前方的向地母神獻上的祈禱。

——該死的傢伙（Arneson）！

雖說是墮落的混沌怪物，膽敢抵抗的話，大概只有破滅一途可走。

再怎麼詛咒神明也沒用，遊戲盤（Module）已經準備好了。

喊出我的名字，

我就會消失。

——我是誰！

少女高聲重複謎題，彷彿要激怒怪物。

「……這個嘛。沉默。除了沉默，別無他選。」

鹿鷹獸壓下內心的焦躁，語氣僅僅透露出些微的嘲諷。

「小丫頭，生命是美麗的（Life is beautiful）。」

「嗯，真的……我也這麼認為。」

「真想試試看妳這冷靜的態度，有沒有辦法維持到死前那一刻。」

少女暴露在怪物令人生畏的殺意中，卻眉頭都沒皺一下。

「換你出題了……請說？」

──行。

鹿鷹獸的鹿臉，浮現鹿不可能露出的醜陋扭曲笑容。

──這個世界上，有妳萬萬想不到的事。

那無疑是屬於妳的東西，
可是妳不會有機會用到，
而是一天到晚被人拿來用，
最後像石頭一樣一把扔掉。

那是什麼？

算是小小的報復的問題，似乎讓少女有點困惑。
她的視線有點游移不定，嘴脣開合了幾次。脫口而出的並非答案，而是嘆息。
「怎麼了？答不出來的話，我第一個把妳踩碎。」
鹿鷹獸看出她的怯弱，用格外溫柔的聲音呢喃，刺激她的情緒。
不知為何，人類這種生物比起單純的威嚇，更容易對這種語氣產生恐懼。
少女卻猛然抬頭，一字一句清楚說出答案。

「是名字。我的名字………對吧。」

「……正是，正是。不久後應該就會刻在墓碑上。」

鹿鷹獸這次沒能將不悅完全掩飾住，故作鎮定地點頭。

如果這點程度就讓她舉手投降，當然不好玩，不過謎題被人答出來，感覺還是挺差的。

怪物瞪著正午時分火辣辣的日光，不屑地說。

「輪到妳了，小丫頭。」

光這麼一句話牠不滿意，還特地隔了幾秒才補充：

「努力想個好謎題出來吧。」

§

謎語的應答毫不間斷地持續了兩、三題。

女神官侍奉的不是知識神，倒還算挺能撐的。

若有人這樣稱讚她，她一定會靦腆地笑著說是老師指導有方。

至少女神官雖然沒辦法難倒鹿鷹獸，卻也沒有輸給牠。

只有這個辦法能揭穿野獸的真面目——和女騎士聊過後，她得出的結論是猜謎。

如果是這類型的戰鬥，她可以一個人應付，也能跟不明的怪物抗衡。

當然，若對手擁有難以想像的智慧，她應該轉眼間就沒命了。

——不過，既然敵人打仗打不贏我們……

她確信要比智慧的話，自己理應也有足夠的勝算。

太陽持續灼燒兩人，影子逐漸伸長，額頭及臉頰汗流不止。

修長的睫毛輕顫，女神官眨了下眼。輕輕拭去額頭的汗水，以免滴進眼睛。

怪物也一樣受不了陽光嗎？

藍色異形怪物拍著翅膀，頻頻煩躁地望向天空。

——……？

女神官忽然覺得那個動作很奇怪，歪過頭。

怪物也會怕熱……？

「怎麼？要投降？那妳該說一聲『我投降』，跪在我的蹄下。」

「啊，不是。」

聽見牠得意洋洋的發言，女神官連忙抬起臉，搖頭否認。

「那是強大到足以吞噬一切的存在。不過一喝水——」

「火。」鹿鷹獸迅速回答，「火喝了水就會死。」

——唔唔唔。

剛才那題出得不太好。女神官吐出一口氣。心情太浮躁了。

不行不行。她又甩了下頭，撥開黏在臉頰上的頭髮。

她很明白形似藍影的野獸不耐煩地瞪著她。

也知道周圍的士兵緊張地——卻沒有停下揮動武器的手——守望她。

妖精弓手、女騎士，那位美麗的魔女，應該也在注視她。

——好緊張。

正因如此，她必須展現出不丟人的戰鬥方式。懷著要取勝的心情，就算會輸。

女神官輕輕吸氣、吐氣，調整呼吸，微笑著說：

「那麼，請出下一題。」

「……行。」

鹿鷹獸瞪著天空，帶著硫磺味的呼吸急促，咬緊牙關甩動長脖子。

「我想差不多該讓妳解脫了。做好覺悟了嗎？我當然不會等妳就是了——」

接著，怪物高聲唱出駭人的謎題。

早上是小小的四隻腳，

中午是高高的兩隻腳，

晚上卻是介於中間的三隻腳，

此為何種生物？

「如何？這道謎題，妳解得開嗎？」

牠語速很快，彷彿在為自己的勝利感到驕傲。女神官困擾地露出複雜的笑容。

她知道答案。再清楚不過。難道牠在放水？

——還是單純跟我一樣，注意力分散了？

或是陷阱題？但她想不到其他答案。

這個嘛。嗯。女神官發自內心煩惱不已，十分不安地說出答案。

「——是**米米克**，對吧？」

§

「……什麼？」

「呃，就是，那個……**米米克**。」

答錯了嗎？女神官忽然不安起來，連忙補充一句。

「那個，就是模仿者（Mimic）。能變成任何東西。例如寶箱、門、財寶。」

聽說牠會跳起來使出飛踢，還會用四隻腳追過來。

不會有錯。應該。

「……對吧？呃，還是說，難道。」

——你不知道那是什麼？

「我當然知道模仿者，蠢貨！」

鹿鷹獸齜牙咧嘴地大吼。

她抱持的小小疑惑，似乎嚴重傷到這隻怪物的自尊心。

異形鹿雙眼燃起熊熊怒火，低吼著吐出答案。

「算了，敗給妳了。是凡人。答案是凡人。早上是嬰兒——」

「啊。」

女神官眨眨眼，非常順口地說出來。

「你剛才說**敗給妳了**……」

「沒有!!」

怪物終於勃然大怒，煩躁地用可怕的鹿蹄敲打地面。

直達腹部的衝擊，使女神官忍不住「嗚！」驚呼一聲。

她只是嚇到而已，但她擔心其他人會不會覺得自己害怕了，不安地環顧周遭。

說是人類，凡人又不會因為早中晚變高或變矮。

沒有生物的身高會因為早晚差異而變化。

頂多只想得到蠟燭，剩下就是——

「————！」

腦內瞬間劈下一道閃電。女神官果斷地抓住它。

握緊錫杖。清澈的鏗鏘聲響起。不遲疑，不停頓，也不畏懼。

她舉起手中的錫杖，指向狂怒的怪物，話語自口中迸發而出。

無時無刻，

那東西必定會出現在你腳下！

絕對不會放過你！

你也無法跟它對話！

瞧，就在你旁邊！

真可惜！放棄吧！

「什麼————!?」

鹿鷹獸倒抽兩口氣。眼中的火焰搖晃。女神官沒有一絲猶豫。

「你是影子！**人的影子！**」

握著錫杖的手指施力，靈魂為之激昂。為了將祈禱傳達給天上的眾神，放聲吶喊。

「『慈悲為懷的地母神呀，請將神聖的光輝，賜予在黑暗中迷途的我等』!!」

白光解放。

怪物暴露在陽光及女神官使用的「聖光」下，肉體開始崩解。

儼然是被風吹散的灰燼。

創造出異形野獸身軀的影子，瞬間被剝離開來。

「混、帳東西……!!」

「『克拉維斯（鑰匙）……卡利布努斯（鋼鐵）……諾篤斯（收束）』。」

蹬地逃向空中的怪物怒吼的同時，擁有真實力量的話語乘著如歌般的語調脫口而出。

魔女從暗處走出，以那句束縛的話語封住怪物的翅膀。

纏繞影子，看似強大的那對翅膀，一旦露出真面目，也只是普通的羽毛。

據說大賢者曾經用這個法術擊落龍，區區怪魔不可能有辦法破解。

「得、手了!!」

在牠對身為元凶的少女下達死亡的詛咒前，樹芽箭貫穿牠的下巴。

只要把舌頭釘在上顎，任何聲音都發不出來。

魔神從天而降，映入眼簾的是不知何時爬上瞭望臺的上森人。

「DDDDAAAAAEEEEMOOOOOOONN！！！！！」

然而，因為這點小事就拋棄憎惡，哪還稱得上魔神。

墜落，摔在地面上的那隻魔界野獸，驅使強韌的四肢飛奔而出。

事已至此，至少要咬斷那個可恨的小丫頭的脖子——

「啊……」

女神官完全不知道這時發生了什麼事。

女騎士不知道從哪裡高速衝出來，站到她面前，看起來絆了一下。

不對，正確地說……是微微側過半身。

怎麼看都是以猛烈的速度和魔神擦身而過。

但結果並非如此。

「唔。」

美麗的金髮隨風飄逸，女騎士發出十分掃興的聲音。

手中的白銀劍被駭人的魔族之血弄髒，仍然不失光澤。

片刻過後，女騎士——以及女神官背後，遠遠傳來肉砸爛的聲音。

女神官驚訝地回頭，看出只剩下身體的魔神剛才用力撞上了牆壁。

伴隨沉悶聲響被砍飛的腦袋，掉在中庭像顆石榴似地裂掉。

「砍了個無趣的東西……真是，誰叫你要玩弄純情的少女心。」

區區夜鬼(Night Stalker)之流。女騎士甩掉劍上的血，收入劍鞘。

女神官看出那是如今已無人使用，被人遺忘的古老劍技。

她所說的那個故事，沒有半分虛假。

「……妳好強喔。」

「對吧？」

哼哼。女騎士得意地挺起板甲底下的胸部，女神官笑著說：

「嗯，非常強！」

自己究竟想成為好的冒險者、強的冒險者，還是不屬於這兩種的冒險者？

女神官不知道。

不過看見女騎士發出勝利的吆喝——看見回應她衝向敵陣的士兵們。

看見對自己投以溫暖目光的魔女，看見對自己說「妳做到了！」的朋友。

我想成為不讓大家蒙羞的冒險者——

「……我做到了！」

女神官如此心想，輕輕握拳，歡呼出聲。

間章『妹妹寄放的東西的故事』

「什麼嘛，說是冒險，結果只是跑腿。」

「喂。」

少年斥候（Scout）咕噥道，少女巫術師（Druid）用手肘輕戳他的側腹。

顏色鮮明得彷彿塗了一層顏料，冬天廣闊無垠的藍天下。

於街道上行駛的馬車沒有裝車篷，不怕冷的話應該會想躺下來吧。

路上的行人頻頻瞄向這邊，八成是坐在駕駛座的蜥蜴人（Lizardman）魁梧的身軀所致。

或者也有可能是因為除了少年少女外，還有礦人（Dwarf）及半森人（Half Elf）坐在馬車上。

一行人搞不好會被誤認成奴隸商人或人口販子，不過看到孩子們悠哉的模樣便能解開誤會。

更重要的是，掛在蜥蜴人脖子下的銀色識別牌，證明他是凡人（Hume）的夥伴。

白瓷或黑曜暫且不提，到了銀等級，其他人就不太會在意你的外表及種族。

儘管凡事都有例外——

「哈哈哈，怎麼？小子。討厭幫人跑腿嗎？」

礦人（Dwarf）道士拿蔚藍的冬空當下酒菜配酒，咯咯大笑。

是因為對於太冷太熱會住到地底的礦人而言，根本不算什麼嗎？

還是喝了酒，導致他不覺得冷？少年斥候不知道。

「因為，唉唷，好不容易有機會離開城鎮，去國境的要塞。」

結果只是要幫忙送一個卷軸過去。少年一副掃興的樣子，咕噥著抱怨。

「可是，能進要塞的機會也很難得呀。」

少女巫術師則覺得此行很有意義的模樣，坐在馬車旁邊晃著那雙赤腳。

畢竟國境的要塞可是國防的關鍵，市井小民不能隨便踏進。

能進去參觀的，應該也只限於可以給外人看的地方——

「我很有興趣。」

她感慨地說，這次換少年斥候輕戳她的側腹。

「妳只是期待能在東方的邊境吃一堆美食吧。」

「呃，有、有什麼關係！」

少女巫術師臉頰染上朱紅，激動地試圖反駁少年。

「我是因為有興趣才有興趣！」

「圃人（Rare）真的是大胃王。」

「喔!?」她聲音拔尖。「才不是!」

圃人習慣一天吃四、五頓飯，無人不知無人不曉。

把原因歸咎在她愛吃上面，對花樣年華的少女來說有點無奈。

「哎，這就是所謂的靠人牽線（Contact）。」

聽見兩位少年少女在身後嚷嚷，蜥蜴人（Lizardman）哈哈大笑。

「雖然有人討厭靠關係，家事及人脈可是計算能力、實力的基準吶。」

「是這樣嗎？」

「沒道理一眼即可看出對方的能力、技能。」

少年語氣疑惑，蜥蜴僧侶一副語帶深意的態度，點頭。

「這樣的話，家世良好之人理應會受過教育，而那人的朋友——」

「——也能信賴，的意思。」

坐在駕駛座悠閒地仰望天空的半森人劍士，接在蜥蜴僧侶後面說道。

他不曉得從哪拿來一片青翠的葉子，放在嘴邊吹草笛。

接著，他突然起身面向蜥蜴僧侶，以讓人聯想到森人（Elf）之血的優雅高貴動作低下頭。

「這次真的很感謝您幫我們介紹。」

「小事，小事。」

「別客氣。咱們剛好有空。」

蜥蜴僧侶及礦人道士這兩位熟練的冒險者，甩手表示這只是一樁小事。

然而，對半森人劍士來說這可是「一樁大事」。

本來必須要由自己的團隊（Party）將少年少女介紹給大人物。

不知道是心血來潮，抑或是單純的親切。無論如何，他都欠他們一份恩情。

「……嗯——哎呀，我知道你很感謝人家，不過。」

少年斥候一副不太能理解的態度，身體後仰，差點從馬車上摔下來。

旁邊的少女巫術師責備他「危險啦」，他毫不介意，望向天空。

天空藍得刺眼，他反射性瞇起眼睛。

「有那麼厲害喔？」

「如果有一天，你們揭發混沌的陰謀，前去通知那位女傑——」

雖然到時候——半森人輕劍士將這句話放在心裡。

這兩位年輕人只要不丟掉性命，到時候等級應該已經順利升上去了。

「這條人脈能讓對方不把你們說的話當成下級冒險者無憑無據的胡言亂語，而會願意傾聽。」

「……就算是『庶民』有意見，也要叫他『無妨，說來聽聽』，不就是那些了不起的人該做的事嗎？」

「未必，因為世上大部分的人，包含我在內……都會光憑自己的印象就亂說話。」

總之，收集情報是很重要沒錯，但很多人會忘記調查起來相當費時。

明明有重要的通知，卻被埋在桌上的文件山中，等到事情發生才翻出來。

這種事應該一天到晚都在發生，將其用一句「負責人的疏失」帶過去，未免太草率了。

「讓人知道重要的情報真的很重要的手段，是必須的。」

「哦……」

看來少年斥候還是不太有同感。

半森人劍士不禁苦笑，又補充一句。

「而且，聽說對方的妹妹還是有名的魔法師。對這方面有知識的人非常珍貴喔。」

他再度吹起草笛，或許是覺得多說無益。

蜥蜴僧侶斜眼——說是斜眼，他的視野很廣，用不著移動視線也看得見——瞄向他，開口說道：

「哎，不懂的事情多很正常。只要一步步學習，遲早會長得跟樹一樣高。」

「我是圃人耶……」

「我可是礦人咧。」

少女巫術師戰戰兢兢地嘀咕，礦人道士用丹田發聲大笑。

——不是啦……

圃人本來就是鮮少離開家鄉的種族。

那個很久以前帶著寶物回來的神祕老翁的故事雖然很有名，她終究不愛出門。

最好能整天待在晒得到太陽的家中悠閒度過。

因此，她從來沒想過漫無邊際的世界的大道理。

認識那位滿身傷痕卻英姿煥發，非常美麗的女將軍，會怎麼樣呢？

——這意味著更大規模的冒險的契機吧。

結果，圃人少女明白的只有這一點。

太複雜的事她不懂。因此一步步學習就行了。

現在，他們帶著那位女傑說是「妹妹寄放在我這邊的東西」，交給他們的卷軸。

上面的便條疑似是之後才貼上去的，用草書寫著一串文字。

少女巫術師識字，因此她看得出那句話是「飛龍停歇的岩石」。

算了，就算這只是單純的跑腿，目前就先專注在把這東西平安送達吧。

如此一來，這一定也會成為某人的契機。

「……但願如此。」

「——？」

身旁的少年面露疑惑，她搖頭回答「沒事」，跟著仰望天空。

真的是彷彿涵蓋到四方世界邊緣，宛如無邊無際的床幔的藍天。

第3章『黑手，奔跑（Hit and Run）』

他從來沒看過殺手穿得跟殺手一樣走在路上。

不，正確地說是看過，但轉眼間就被衛兵叫住，抓走了。

所以，應該要說專業（Pro）的殺手。

打扮得像殺手的殺手，不是傻子、白痴，就是外行人。

用不著多說，他是專業（Pro）的。

§

——但我並不認為自己是殺人專家。

他邊想邊慢慢在床上坐起身。

窗外的太陽升上一定的高度，時間明顯已過中午。

他知道在將近天亮時才就寢，睡到中午很不健康，不過——

「我已經變成徹底的夜行性生物了。」

自言自語的次數也變多了。

廉價又空曠的房間中，只有床和衣櫃兩種家具。

地板也老舊了，一不小心就會壓得吱嘎作響。

他慎重地將與輕盈動作形成反差，重量十足的肉體挪下床，單手撐在地上。

踮起腳尖，固定脊髓，僅僅用單手撐起自身的重量。

做完每天規定的次數後換另一隻手。不只次數及速度，還要隨時留意動作必須到位。

在這個意義上，避免地板發出聲音可以說是有意義的課題。

兩手做完，接著換單腳站立，只靠一隻腳重複同樣的動作。

右手，左手，右腳，左腳。將四肢的動作都確認一遍，訓練、暖機完，才暫時告一段落。

其實他還想抓住屋梁或柱子做懸垂運動，可是萬一不小心弄斷柱子就糟了。

雖然不知道這個自主訓練有多少幫助，有做總比沒做好。

至少遠比招式、裝備、魔法那種東西更可靠，更值得信任——他這麼覺得。

如果他真的講出這句話，反而會被同伴強迫聽一堂魔法課就是了。

但他也知道，要是沒有刻在上面的詛咒，自己的手腳根本無法動彈。

「……噢。」

隨手抓住的水壺空了，沒有能當成糧食的東西。

雖然這不是一天兩天的事，他詛咒昨天的自己怎麼如此疏忽，決定到外面吃飯。

反正本來就打算今天出門，考慮到這一點，其實沒什麼不好。

因為昨天他支持的戰隊(Team)在魔球(Wizball)比賽中輸掉了。

這種日子與其悶在家裡，不如去外面看看有沒有什麼工作機會。

他拿碎布擦拭身體，走向衣櫃，打開雙開式的門。

那裡掛著幾件衣服，他撥開衣服，找到藏在角落的鎖頭。

木板喀嚓一聲打開，出現藏在底下的衣架。

「……哼哼。」

這個衣櫥他開開關關過好幾次，也知道裡面的構造，不過這種時候，他總會忍不住笑出來。

沒幾個家具的房間中，唯一他特別講究——夥伴們都為此感到傻眼——的家具。

收在隱藏衣櫃中的，不是皮外套或軍帽那種東西。

全是短筒槍、連弩等各種武器，不能見光的違禁品。

很久以前看過的戲劇中，擔任王家密探的男人就是像這樣把自己的裝備藏起來。

他一直很嚮往——然而那個密探開頭就被殺了，挺不吉利的。

「……嗯。好。沒問題。」

他拿出短筒槍，試射連弩，確認沒問題後仔細地將它們放回衣櫃。

雖然不知道檢查武器有多大的幫助，有做總比沒做好。

做完例行公事，他穿上衣服和外套。

他當然沒戴軍帽沒穿皮外套，短筒槍和連弩也沒帶在身上。

因為打扮成殺手走在路上的殺手，肯定是外行人。

§

即將日落的水之都，吹來一陣帶有河水氣味的風。

染上黃色的街景，瀰漫一股懶洋洋的氣氛。

礦人（Dwarf）船夫靈活地用長竿操縱於水路上行駛的豬牙舟（Gondola）。

他悠哉地看著這幅景象，逆流走去。

一群小孩跟在圃人（Rare）後面，尖叫著從旁邊跑過去。

那名圃人大約三十歲，應該是馴服了那幾個頑童，準備帶他們去偷東西。

說到年紀，那位正在用洗衣板洗衣服，看起來非常不耐煩的女森人（Elf）不知道幾歲。

不管幾歲，森人的美貌都不會受到影響，而且跑去詢問夜之花的年齡，就算對方是凡人（Hume）也一樣不識相。

那名女性往他身上瞪過來，他靦腆一笑，輕輕點頭致意。

——總之……

這個時間並不適合一個沒加入公會的年輕人在街上閒晃。

——該去介紹所找個夜警或保鑣之類的工作了……

畢竟他跟可以出外冒險，也可以在街上閒逛的冒險者不同。

假識別牌是很好用沒錯，但時間一拉長，不去冒險反而會引人起疑。

而職業及收入都不穩定的男人住在那裡，一旦發生什麼事肯定會懷疑到他頭上。

若真的是他幹的也就算了，他可不想被在附近鬧事的白痴牽連到，搞得有人來打探他的底細。

隨時備有能為自己開脫的藉口（Excuse），才符合行規（Etiquette）。

他在不引人注目的情況下——也就是抬頭挺胸，不疾不徐——於行人稀稀落落的街道上走了一段時間。

然後像突然想起來似地彎進旁邊的小巷，拐了兩、三個彎。

繁華街的另一側安靜得出人意料，整潔乾淨。

位在其中的餐館，類似後門的地方有道平凡無奇、通往建築物地下的樓梯。

那裡掛著讓人聯想到銀月(Silver Moon)和死神鐮刀(Grim Reaper)的招牌。

他瞥了招牌一眼，踏著輕快的步伐跳過一階樓梯走下樓。

整面牆壁都是塗鴉，甚至令人懷疑會不會是從超古代就有人畫在這邊的。

凡人必須趴下才看得見的地方，寫著森人的壞話。

凡人必須踮腳才看得見的地方，寫著礦人的壞話。

而凡人視線的高度處，寫了整整兩行凡人的壞話。

他竊笑著輕輕撫摸「長腿男(Longshanks)」、「腳長(Strider)」的文字，彷彿一直以來都會這麼做。

他打開最下面的門——門後是一家地下酒吧(Speakeasy)。

「花生……三顆。」

「兩顆就很夠囉。」

「不，三顆。兩顆加一顆，共三顆。」

「偶爾喝點什麼吧。」

「你要我喝那種跟狗尿一樣的東西？」

「請你體諒一下。」

櫃檯的常客和酒保，在用兩、三句隱語買賣鴉片，他從旁經過。

乍看之下是個開在不入流的場所的店家，進到店內，竟然有幾分高級的氣息。

柔軟的地毯，櫃檯、桌子、酒瓶、酒杯，無論何時都擦得閃閃發光。

有人在撞球桌前打撞球，有人單手拿著酒杯玩決鬥（En Garde）遊戲。

森人、圃人、礦人、獸人。在角落的座位跟蜥蜴人（Lizardman）調情的女人，大概是闇人（Dark Elf）。

蹲在路邊看起來會跟地痞流氓差不多的人，換成在這家店內，感覺就不一樣了。

至少跟隨便一家廉價的酒館有決定性的差異，恐怕是因為——

——大概是所謂的**風情**吧。

缺乏風情的人，很快就會被趕出去。尤其是這家店的最深處，根本沒資格踏進。

他在酒館的座位間穿梭，看見自己要找的那扇門。

一扇厚重的金屬門。

沒錯，到這邊為止還是普通的酒館。但推開這扇門就不一樣了。

是洞穴。也有人這麼認為。不過他一直覺得。

——是海。

燈光極暗，無限接近於黑暗，昏暗的藍色大廳。

整整齊齊穿著背心的酒保及酒吧女侍，像在其中游泳似地為客人服務。

店家雇的樂團演奏的竹琴旋律一波接著一波，如同浪濤拍進耳中。

為何那種怎麼聽都只是叩叩聲的樂器，有辦法演奏出這樣的音色？

跟服務生、酒保、男侍之間的差異一樣，他完全搞不清楚。

——算了，有什麼關係。

這裡是海。要在海中游泳，就該是跟人魚(Mermaid)相通的酒吧女侍(Barmaid)。

他乾脆地下達結論，望向平常固定坐的座位。

「啊，你來啦。」

紅髮少女立刻抬頭，面帶笑容——他有點高興。

以他的**眼睛**，在這片深海中也能看得很清楚。他微微揚起嘴角。

「嗯，因為我想差不多該有工作了。妳也是吧？」

「一半是來聽人抱怨的。」

紅髮森人露出苦惱的表情望向桌上。

他自然地坐到她旁邊，跟著看過去，一名少女趴在桌上。

「啊……嗚……」

意義不明的呻吟，實在不符合侍奉知識神的神官形象。

「怎麼了？」

「沒啥好擔心的。」

他的語氣下意識緊張起來，同樣已經入座的強壯御者低聲回答。

御者津津有味地喝著杯中的果汁水。推測是因為等會兒要駕駛馬車，不方便喝酒。

「她說她沒錢了。」

「在沙漠不是賺了一堆嗎？」

他不禁傻眼。

由於需要等風頭過去，他們這段時間沒接工作，但這花錢的速度未免太快了。

「還不都是書害的，書太貴了……」

知識神神官發出不是啜泣也不是詛咒的嘟囔聲，悶悶不樂地抱怨。

「書真的很貴。」紅髮少女苦笑。「我也因為魔法的關係花了一堆錢。」

「代表為了探求真理，非得去做**不正當的工作**。」

神官的頭倒向一旁，像個花樣年華的少女般呵呵笑著。

或許是抱怨一頓後，心情舒爽多了。

至少應該不是喝醉──上工前喝酒是白痴才會幹的事。

──唔。

大概是因為想到這個的關係，他想起自己肚子餓了。

「嘿，讓開讓開。我還沒吃飯。」

「是。」

嘿咻。神官少女坐起來，空出桌面。

他看都不看菜單，直接叫住酒吧女侍——好像真的是魚人。

「三個漢堡，不要麵包。還有碳酸水。」

他扔出一枚金幣點餐，酒吧女侍微笑著離去。

「看來你手頭挺寬裕的。」

紅髮森人無奈地瞇起眼睛，輕笑出聲。

「自以為是槍手？」

「沒啦，我今天睡過頭。」

他直接地說。有人用那個別稱(Handle)叫他，感覺挺彆扭的。

「昨天我喜歡的隊伍輸了。」

「魔球(Wizball)。」紅髮少女低聲應和。「……有必要這麼難過？」

「因為戰隊(Team)的主將前陣子被警衛隊帶走了。」

講出這句話的同時，動作很快的酒吧女侍默默將餐點送上桌。

鐵板發出油脂冒出來的滋滋聲，三塊還帶有粉紅色的肉放在其上。

他從壺裡捏了撮鹽巴，加上大量的芥末，用刀子切成小塊。

然後送入口中。比起味道更重視量，比起營養更想要熱量。他現在是這樣的心情。

雖然以這家店來說，味道肯定也不差。

「只不過是礦人比賽完嗑藥喝酒，在酒館鬧事罷了，又不稀奇。」

他活了過來，用碳酸水漱完口才終於簡短補充一句。

「最近大家都異常神經質。」

御者無奈地喃喃說道——應該不是在附和他就是了。

「之前的四腳競技(Quadriga)上，馬人的馬夫(Centaur Aurigae)也被衛兵抓走了。」

「罪名是？」

「嗑藥。」

御者一副掃興的態度。他很喜歡看在鬥技場舉辦的比賽。

「他說那是治氣喘的藥，結果那東西違法。」

「無聊。」

他的感想只有一句話。

他像在對待殺父仇人似的，叉起最後那片肉扔進口中。

紅髮森人對兩人投以溫暖的目光，在他們閒聊到一半時提出疑問。

「可是，那個鬼之衛兵長有那麼嚴格嗎？」

「他以前是街上的惡棍，所以多少會睜一隻眼閉一隻眼的樣子。」

我也點些東西吃吧。知識神神官抗拒不了肉的香味，叫住經過旁邊的店員。

「給我一杯檸檬水。還有最便宜的餐點，最便宜的量。要算我多便宜都行。」

「我要肉乾三明治。」

紅髮森人看不下去朋友過得這麼拮据，苦笑著說。

「我們平分吧？」

「森人會吃肉啊。我看明天下紅雨都不奇怪。」

「世上本來就是無奇不有。」

看兩位少女笑著互開玩笑，感覺還不錯。

至少他的身心狀態遠比昨天好。光這樣就夠了。

因此，神祕的白色小動物輕快地從角落走來，他也有那個心情咧嘴一笑。

「嗯，你對同伴是這個態度嗎？我要去抗議喔。」

他毫不在意使魔在不停拍打他的手，將她一把扔到沒人坐的椅子上。

「啊，你來啦。」紅髮少女伸出手，神官則向她哀求「工作，我要工作」。

「各位都看到了吧？他剛才是怎麼對我的。不覺得很過分嗎？他直接抓我脖子耶！」

真是的。他對邊抱怨邊舔毛的同伴——先不論本體在哪——聳肩。

「誰叫妳從那麼明顯的地方偷偷接近。」

「對喔，你的眼睛是『蝙蝠眼』。那就沒辦法了。」

他們原本就只是在互鬧。他允許白色野獸隨便拿走一片別人的肉。

過沒多久，紅髮森人點的三明治也來了，友人們繼續進行無聊的對話。

主要是聊輸給求知欲的神官少女買的書，以及最近街上發生的瑣事。

食物及飲料都吃得差不多時——

「嗨——大家都到了嗎——？」

輕浮的聲音傳來，打扮得像花花公子的友人搖搖晃晃地走向他們。

他肯定是不久前來的。

跟只會透過這隻使魔出現的魔法師一同來到店內，待在遠處。

否則哪可能剛好在他們嬉鬧到一個段落時出現。

這點小事，只要跟他認識久一點就會明白。

面帶輕浮笑容的中間人（Fixer）一登場，眾人就繃緊神情，他的表情也變了。

現在開始，輪到裝備斗篷與匕首（Cloak and Dagger），於大都會的影子底下奔走的密探出場。

也就是——工作（Run）時間。

§

「這次的工作來自值得信賴的人，但我沒去求證。」

「可以的話可不可以先講後面那句？」

中間人乾脆地說，密探低聲挖苦他。

「這樣比較能安心。」

「我沒去求證，不過這次的工作來自值得信賴的人！」

「哪有差。」

御者往椅背上一靠，語帶不屑，彷彿在說他們很無聊。

「只要給我錢，我什麼都願意做。」

「可以不要講這種話嗎？」

神官冷冷說道，紅髮森人苦笑著答腔。

「哎，只是簡單的工作（Milk run），不必那麼緊張啦。」

接著由白色野獸主導，開始說明狀況（Briefing）。

沒有多難。中間人又說了一遍。是僅限一晚的工作（One Night Biz）。

——那不是跟困難同義嗎？

密探心想。是不是該為小巷子裡的警句加上一句。

「畢竟這次的目標，是某個做錯事的小丫頭。」

聽說——聽說。

對方似乎是個隨處可見，從乞丐變娼婦，家道中落的人。

即使如此，把短劍藏在懷裡，挺著肩膀走在路上，看起來也會有幾分流氓味。

雖然她只不過是路上強盜團（Street Gang）的打雜工，不足為道的一個人……

「那人擅自大量販售藥物，搞亂人家的地盤，砸了一堆人的招牌。」

常有的事。密探心想。然後又補上一句「幹得好」。

然而，御者似乎有不同的見解，他一副發自內心無法理解的態度啐道：

「她是白痴嗎？」

「肥貓連老鼠會咬人都會忘。」

「要說的話，這個情況應該比較接近老鼠以為咬貓一口就能贏……」

紅髮森人帶著困擾又無奈的表情說。

「所以，要去嚇嚇那個人嗎？還是直接綁走？」

「不，收拾（Hit）掉。」

紅髮少女沉默不語。過了一會兒才喃喃說道「是嗎」。

這種程度，在大都會是家常便飯。

路上強盜是靠面子吃飯的。瞧不起對方，明天就等著死。藥也不可能賣多久。

所以用不著黑手出馬——一般人會這樣想吧。

正好**相反**。事件（Trouble）即生意（Business）。出手就能賺錢。

發現糾紛就讓它變成搖錢樹，是中間人（Fixer）的工作。

而眼前笑咪咪地討論殺人計畫的男人，可是優秀的中間人。

「所以？要接，還是不接……」

其他人都閉上嘴巴思考著，或是四目相交以交流意見。

毫不猶豫開口的，只有密探一個人。

「你忘記說最重要的事。」

「哦，什麼事？」

「報酬。」

他語氣尖銳，彷彿在責備裝傻的中間人。

「箭矢彈藥法術又不是免錢的。通常都要先收訂金吧。」

「抱歉！當然有囉。來。」

咚一聲，中間人將四袋金幣扔在不久前放著鐵板的桌上。

委託人——僱主（Johnson）出的金額，一半會進到中間人的口袋。

另一半則分成訂金、尾款交給黑手，是這種時候的規矩。

錢八成也已經送到使魔的主人——那名魔法師手中了。

把魔法師的部分加進去，從訂金的重量推測——

——哈。

報酬挺豐碩的。以這種僅限一晚的工作來說。

密探用那雙非人類的眼睛瞪向中間人的臉。對方的表情沒有變化。

——以這傢伙的個性，肯定同時還有接好幾個強盜團或其他人的委託。

不過，密探沒有怨言。

賺得到錢。還能清理街上的髒東西。既然這樣，也能順便積德（Karma）。雖然只有一點。

他有話要說。一句話便足矣。

「我接了。」

「我也是。」

「我想要錢。」

「我也答應。」

「那。」看到所有人都舉起手，白色野獸高興地說。「就這麼決定囉。」

她輕盈地跳下中間人的大腿——不曉得什麼時候跳上去的——換成跳到桌上。

「目標的住所等資料都查清楚了。所以之後請你們實際去現場確認……」

若介紹工作是中間人的任務，事先調查情報就是她的任務。

她——密探認為使喚使魔的術士是女性。應該沒錯。

她跟紅髮少女和神官感情不錯。兩位少女直覺敏銳又敏感。不可能被騙。

因此她——至少精神層面是——所說的話，密探也願意相信。

這裡可沒有會講「拿不出身分證明就無法成為夥伴」這種蠢話的人。

「距離不遠。」

御者聽見目標的住處，腦中似乎已經自然浮現路線圖。

「但還是要交通工具吧。我來駕駛馬車。」

「嗯，幫大忙了。謝謝。」

紅髮少女微笑著起身。穿上外套，拿起法杖，準備就緒。

神官跟在後面。她也只需要在纖細身軀外套上神官袍，握好聖印即可。

至於御者，有馬車就行，即使是在都市，精靈同樣無所不在。

看到三人迅速準備動工，密探也站了起來。

然後用力皺眉。

「在那之前先回我家一趟。」

「怎麼了嗎？」

紅髮少女愣了愣，擔心地微微歪頭，露出長髮底下的長耳。

「我要去拿武器。」

雖說是迫於無奈，他覺得好尷尬。

§

事實上，就算繞了一段遠路，距離也沒隔多遠。

水之都郊外，雜亂無章地擴建的居住區(Sprawl)的其中一塊區域，是藥販的巢穴。

空屋、廢墟、破屋、垃圾場，縮在那之間烤火取暖的流浪漢(Squatter)。

這一帶沒有能派上用場的地圖。說起來，這座城市的地圖本身就不好弄到了。

若是擁有雄偉城牆的都市，就更不用說——雖然大部分的城市都沒有那麼花錢的東西。

不過，這塊居住區沒地圖的原因，倒不是因為有什麼機密。

漫無秩序地蔓延，擅自住進來的人擅自擴建、改建的區域。

昨天跟今天的居民不同，街景也經常變化。

嚴格來說，這裡是水之都的外側，僅僅是律法與秩序的邊陲地帶。

因此，想在這邊找人幫忙帶路，只有當地的流浪漢或——

「嗯，大致符合情報。」

——蒙受恩寵的知識神的愛女。

少女在搖晃的馬車中冥想，張開眼睛輕聲呢喃。

知識神不會授予知識，但會幫助信徒調查知識。

雖然那些沒信仰心的人，似乎無法區分祂跟邪神的差別。神官少女經常抱怨。

「至少位置沒錯。我覺得她住在裡面。明天搞不好就會逃了。」

「這樣的話，剩下現在的狀況了。」

密探輕輕點頭回應，轉了圈手中的武器。

短筒槍是複雜的武器，連弩則比它更複雜。箭射不出去他會很頭痛。真的會很頭痛。

密探邊想邊用槍托敲馬車。

「別敲，會刮傷它。」

粗暴的聲音立刻從駕駛座傳來。想叫他這樣最快。一直都是這樣。

「停一下，我請她幫忙調查。」

「用嘴巴講啦。」

御者嘴上這麼抱怨，還是乖乖拉緊韁繩，命令馬——當然是雨馬（Kelbi）——停下。

精靈馬的好處是不會發出馬蹄聲，溼掉的足跡也乾得很快。

密探邊想邊將短筒槍收進懷中，把子彈扔進口袋。

「麻煩了。」

「嗯，鞋子交給你囉。」

一直以來，他該說的只有一句話，她也只會用一句話回應。沒有躊躇，也沒有懷疑。

紅髮魔法師輕輕閉上眼睛，像斷了線的人偶般倒向密探的肩膀。

靈魂出竅——她說這是在讓靈魂飛往幽世(Astral)的世界。

只剩下精神的她瞬間飛越百里，查看遠方的景色。

那當然不是物質界，而是透過幽世看見的，因此會跟實際上的景象有所出入。

可是，能知道險惡的氣氛、人數等情報，還是很有幫助。

當然，密探完全不知道她眼中是什麼樣的世界。

神官看見的世界、御者看見的世界、白色野獸和中間人的世界，他也一無所知。

因為這個團隊(Party)中，只有他一個人是傻子(Mundane)——非魔法師。

——但那又如何？

到頭來，那就是工作分擔。他很清楚自己的職責(Position)。

密探撐住靠在身上的少女，拿毛毯當枕頭，輕輕讓她躺下。

接著拿起剛做完最終檢查的連弩，小心翼翼瞪著馬車外面。

他對於擔任肉盾是自己的工作一事，不抱任何疑問。

拼湊出來的傢伙和魔法師，誰的肉每磅更值錢。

這麼簡單的事密探也知道。答案再明顯不過。

黑夜已經覆蓋住這座如同垃圾場的城市，卻毫不影響他的雙眼視物。

禁忌的邪眼，能讓他看見世界的框架，就像那座有名的「死」之迷宮。

「……對了。」突如其來的聲音，來自行李的縫隙間。

白色野獸窸窸窣窣地爬出來，當然是不知身在何處的魔法師的使魔，負責擔任聯絡員的。

密探看都不看那邊一眼——理所當然——詢問「幹麼啦」，她好奇地搖尾。

「剛才我也問過，你的眼睛好像接近透視？雖然邪眼不在我的專長範圍內。」

「對啊，不要太厚的話，牆壁另一側都看得見。」

有個影子在腐朽的木桶後面蠢動。他舉起連弩瞄準。是大老鼠。沒問題。只不過是廚餘，你愛吃多少就吃多少。

「我不太清楚原理，主要都是拿來在暗處看東西。」

「意思是——！」

使魔語氣興奮，顯得有幾分刻意。彷彿在鍵盤上跳舞。

「你可以偷偷欣賞森人一絲不掛的纖細身軀囉，畢竟你是男生嘛！」

密探沒有立刻回答。因為他深深地，足足嘆了兩秒的氣。

「……呃，是做得到，但我不會幹這種事喔？」

「哦，回答得那麼果斷。」

這隻使魔驚訝地以小動物般的動作歪過頭，一點都不像使魔會有的行為。

「之前那位商人小姐，腿也又長又漂亮的說。很養眼對吧！」

「腰間還配著刺劍和短劍。」神官少女低聲補充。「有在訓練，身體挺結實的。」

密探懷疑地瞥了她一眼，用極其事務性的語氣回嘴。

「我只是因為人家問了一堆問題才回答而已。那是工作吧？」

「我還以為你喜歡的肯定是森人那類型。剛才讓人家躺下來的動作也很紳士。對不對？」

「嗯。」

──這些傢伙根本沒在聽我說話。

密探本想咂舌，後來決定作罷。被人知道自己心情焦躁並非上策。

只不過，對這隻野獸──背後的魔法師而言，似乎連那個態度都令人感到愉悅。

不對，不只這隻野獸。不必看都知道神官少女也正在奸笑。

「你對她沒興趣？」

密探放棄掙扎，又嘆了一大口氣才回答。

「我沒這麼說。」

「那就是有興趣囉！！！！」

「可是她這麼信任我，總不能背叛她吧。」

密探伸出一隻手狂揉她的頭，好讓聲音飆高的白色野獸閉上嘴巴。

瞧她發出「嗚呀」之類的尖叫聲，真的是女人吧？密探心想，卻沒有說出口。

對方信任自己。不能背叛她。

「不要亂猜喔。」

他只拋下這句話，站起身。

由咒術拼接在一起的肌肉，像黑豹要去狩獵般牽動他的四肢。

「我去外面戒備。」他瞄向紅髮少女。「她回來再跟我說。」

「嗯嗯，沒問題沒問題。你的回答非常有參考價值！」

野獸滿足地說，密探為了取悅她，嘖了一聲跳到馬車外。

「最近過得如何？」

跳下馬車，身體暴露在夜晚的冷空氣中的瞬間，這次換成坐在駕駛座的人跟他搭話。

「還不錯。」

這名壯漢乍看之下是個粗野的男人，其實挺細心的。密探揚起嘴角。

「但天氣一冷關節就會痛。」

「你還沒存夠錢嗎？」

「離真正的手腳差得遠。」密探輕輕聳肩。「不曉得什麼時候才能參加合法的魔球（Wizball）比賽。你呢？」

「挺順利的。」御者的回答簡潔有力。「不管是在償還買馬車的錢還是女人上。」

「勤快的傢伙。」

「又不是我的女人。」

御者哼了聲，接著便陷入沉默。

密探無奈地搖頭，站到馬車旁邊。單手拎著連弩。

必須戒備。可是精神力也要消耗在正確的時機。不是現在。

在工作（Run）空檔閒聊是好事。至少對這個團隊（Party）來說。

連聊天的心情都沒有，反而更加危險——

密探下車後，馬車（Wagon）裡變得一片靜寂。

白色野獸與知識神神官，兩位少女像長年來的摯友一樣，臉靠在一起輕笑。

「聽見了嗎？」

「他好像不是對妳沒興趣喔？」

「…………」

從紅髮底下露出一些的長耳紅通通的，還在抖動，兩人不可能沒發現。

不過，默默等她回來才夠朋友。

§

「……久等了。」

整整五分鐘後，紅髮魔法師走下馬車。

速戰速決是有名的成語，但比起速度，他更希望對方把工作做好。

在這方面，密探對她沒有任何不滿。不可能有。

他放下掛在肩上的連弩，掃了周圍一眼後說：

「狀況如何？……妳怎麼了？」

「沒事。」她斬釘截鐵地回答。「只是在想你為什麼一開口就問這個。」

看她這個態度，大概是心情不好。

原因八成是三名女性的聊天內容。剩下一成是御者，另一成是自己。

「呃，因為愈早獲得情報愈好。」

「是沒錯。」

紅髮少女說道，深深吸氣，緩緩吐氣。

「我去看過了。她在。」

是嗎？密探點頭。看來藥販今晚運氣不太好。她不在的話，是不是就能逃過一劫？

——不一定。

能逃到哪去呢。朝著懸崖猛衝，不是明智的行為。

「警戒的氣味很重，藥味也是。除了目標外還有幾個人在。看起來不怎麼有錢就是了。」

「是住在集合住宅(Insula)的流浪漢(Squatter)嗎？」

「不清楚。」紅髮魔法師搖頭，戴上外套的兜帽。「對不起。」

「沒關係。」

密探喃喃說道，從懷裡拔出短筒槍拿在手中轉。

玩槍會把運氣玩不見，的樣子。不曉得是誰說的。

不管怎樣，他拿出口袋裡的子彈包，咬開封口，將子彈從槍口倒進去。

接著喀一聲敲擊槍托，讓子彈掉下去，將空袋子揉成一團塞進口袋，準備就緒。

「最好的情況是同行(Runner)，最壞的情況也是同行(Runner)。」

§

密探他們一邁步而出，御者一行人便按照計畫，慢慢駛離原地。

陌生的馬車長時間停留，會引來不必要的注意，讓人留下印象。

而且高級馬車在這種地方停那麼久，根本是在誘惑人來找麻煩。

他們的安排是按照事前決定好的路線繞來繞去，免得有人來糾纏。

「……」

「……」

密探及紅髮少女靠在一起並肩而行，悄悄走向集合住宅（Insula）。

兩人都一副在凝視遠方的模樣，是因為他們注視的是聲音及魔力兩種不同的世界。

因此，他們共有的是視野及死角。

互相彌補不足之處的行動方式，是在組隊行動（Two man cell）的期間自然養成的習慣。

仔細一想，兩人認識一段時間了。現在的他也很少獨自於黑影中狂奔。

「……一樓是空屋嗎？」

「好像是。」

紅髮少女悄聲回答。完全看不見生命的燈火。的確，四周鴉雀無聲。

不巧的是，牆壁跟地板是石造的，會消除聲音。到頭來，還是不能寄望拿蝙蝠之眼來透視。

——這個地方很久以前大概是餐廳之類的吧。

連拾荒者（Scavenger）都遺忘的場所，腐朽的圓桌及椅子倒在地上。

再加上為了容納更多客人，門窗開得特別大，風都灌進來了。

要住人的話應該是在二樓，實際上，事前聽說的情報和他們查到的情報也是如此。

「我走前面。」

「我顧後面。」

兩人簡短交談，踩著跳舞般的步伐爬上樓。

特別沉重的是自己的腳步聲。十分輕快的是她的腳步聲。加在一起正好兩人份。

密探單手拿著連弩，射線始終維持在與視線齊平的高度，一面心想。

剛才在店裡跟同伴聊到的無聊話題閃過腦海。

——藥，藥，藥。三死（Three Out）。

是巧合？是宿命？沒有差別。要做的事情是殺人（Hit）。

因此，爬上三樓時，他感覺到走廊的氣氛不對。

「……奇怪。」

凝視幽世的紅髮少女似乎也一樣，密探還沒開口，她就小聲地說。

「緊張的顏色比剛才還深。也看不見生命的光芒，的樣子。」

「情況不妙？」

「大概。」

「如果回去也拿得到報酬，我會果斷回去……」

密探碎碎念道，她「對呀」笑著重新拉低兜帽。兩人於走廊上前進。

目標的房間在三樓最裡面。從外面看來沒有窗戶。不過事先做好準備不會有壞處。

備有一、兩種逃跑手段並不奇怪——

密探邊想邊站到門前。就算有陷阱，都這個時候了。鎖孔檢查都不用檢查。

又不是要潛入哪家大商店或商會。比起警戒，現在更該以速度為優先。

他用視線跟搭檔溝通。確認時機。一、二、三。

「…………！」

藉由法術強化過的一腳踢開房門，將其踹得半毀。

密探無聲無息竄進室內，迅速拿起連弩，確認狀況。

是一名女性。

首先感覺到的是瀰漫於空中，鴉片那種令人不快的甜膩香氣。揮之不去的氣味中，一名女性邋遢地躺在床上。

不曉得是不是剛洗過澡，溼潤的棕髮整個散開，露出底下的長耳。只穿著內衣褲的身軀，異常纖細、瘦小、輕盈。

但他抱起搭檔的時候得知，上頭確實長有柔軟的肉。

原來如此，或許他真的無法否認自己喜歡森人那類型——

——前提是她沒有瞪大眼睛，吐出舌頭，胸口插著一把短刀。

「死、死掉了……!?」

「……嗯，沒命了。」

出於困惑，紅髮少女發出類似尖叫的微弱聲音，密探邊回答她邊走近床鋪。

萬一目標裝死就不好玩了。可是，用不著看都知道她已經斷氣。

「還有溫度。」

身旁的魔法師觸碰女性，喃喃說道，伸手合上睜開的眼睛及嘴巴。

——這樣就變成「如果胸前沒插著一把短刀，就是個美女」了。

密探一面想著蠢事，一面強迫混亂的大腦思考。

「意思是，她剛剛才被殺的？」

「因為，我剛才從外面看的時候，她應該還活著呀。」

——先來整理狀況吧。

何時？剛才。

何地？這裡。

被誰？我們以外的人。

手段？用短刀刺胸口。

目的？不明。

沒有窗戶。他們在外面監視時，沒看到有人走出來。潛入後也沒遇到任何人。

也就是說——

「……犯人還在裡面？」

「這不好笑喔——」

紅髮魔法師發出緊張的聲音。

沒錯，不好笑。雖然不知道原因，情況不妙。

總之得盡快離開這棟建築物。

密探擋在女性屍體前面保護紅髮少女，慢慢後退。

快點。有沒有漏掉什麼？沒機會重新調查了。這樣拿得到錢嗎？

「走了。先跟大家會合再說。必須先確認狀況——」

「……！」

他聽見夥伴倒抽一口氣的聲音。這樣就夠了。密探拿起連弩轉過身。

「不　准　動（STOOOOOOOOOOOOOP）————!!」

然後——此時此刻他最不想聽見的臺詞，從門口傳遍房內。

「衛兵（Guard）……！」

褻瀆神明的話差點脫口而出，密探不想再浪費時間。

因為他看見街上的衛兵頭戴刻著天秤劍刻印的皮盔，站在門口。

他咬緊牙關，左手抱住紅髮少女，直接衝向正面。

「哇!?」加快速度的他並沒有把夥伴的尖叫聲放在心上。專心看好衛兵拔出的刺劍。

「喝、啊!!」

密探抬起自己的右臂，用力撞上劍刃。

「——什麼!?」

這股衝擊八成超出他的預料，衛兵像被撞飛似地踉蹌了幾步。聲音偏高。是女的？

被衝擊震掉的頭盔底下，露出綁成高馬尾的褐色髮絲。沒時間關心這個了。

他保護好左側——也就是他扛著的夥伴不受到衛兵的攻擊，又用右臂撞了一下。

刺劍的劍尖發出尖銳金屬聲彈開。

嚴重彎曲的刀身逼近眼前。密探倒向前方閃過，逃到房外。

發出低吼聲的雙腿，僅僅花了三步就衝到走廊底部，密探立刻用右手抓住樓梯的扶手。

「交給妳了！」

「嗯！」

不必特別商量。他躍向空中。重力一把抓住身體。墜落。

「『法魯沙（偽造）……溫布拉（暗影）……歐利恩斯（發生）』……！」

她在他肩上揮動法杖，高喊擁有真實力量的話語。

雙腿傳來一陣衝擊的同時，正下方的影子從地面冒出，往樓上膨脹。

「啊啊啊啊啊……!?」

女性混亂的尖叫聲。果然是女的。她的視野現在應該被「幻影（Vision）」搞得一團亂。

不過，如果她會因為這點小事而放棄，衛兵就不可怕了。

「臭狗（Lawful good）……！」

密探大叫的原因只有一個，他聽見尖銳的口哨聲——女衛兵吹的口哨。

所以他看都不看那邊一眼，在心中祈禱自己能跑得比音速還快，衝過化為廢墟的店鋪。

地上那點垃圾，對超速運轉(Over Drive)的義肢來說，與在無人荒野上奔跑無異。

「要用『透明(Transparent)』嗎!?」

「沒關係，不必！」

他簡短回應來自肩上的聲音。她的判斷是正確的。真的。

以「惰眠(Sleep)」為首的喪失意識系(Stan)法術是很方便沒錯，萬一法術遺失(失敗)就是浪費一次機會。

既然如此，選擇用幻影擾亂很正常，密探知道剩下是自己的工作。

他真的很感謝搭檔不是會對衛兵用攻擊法術的那種不知死活的大白痴。

萬一帶著黑杖的宮廷魔法師出馬，那才是大問題。

總而言之——

——不能殺衛兵(Guard)！

……沒錯。

衛兵或許會對偷蘋果的行為睜一隻眼閉一隻眼，卻絕對不會原諒殺衛兵的人。

如果以後還想繼續在這座城市生活，就該盡量避免出此下策。

就算他看得見聲音，他可不能這麼不要命(Daredevil)。

也就是說，目前只有逃跑一途，而手段只有他的雙腿。

吹了口哨，不代表衛兵會立刻襲來。

還有時間。衛兵會先聚集到哨聲的源頭，之後才會有人追過來。

既然如此，要做的只有在敵人會合，開始行動前逃出包圍網。

最重要的是時間，以及速度。他維持前傾的姿勢不停奔跑，如同猛虎。

「是說，我們被陷害了嗎？」

「搞不好是被騙。」

她伸手幫忙按住密探的帽子，以免被風吹走。

「在這方面，他運氣挺不好的……欸，你笑什麼？」

——這個嘛，因為他們都完全沒考慮過被中間人（Fixer）背叛的可能性。

密探加快速度，在貧民窟的每個路口、每個角落轉彎。

當然，跟御者事先討論好的路線他都記在腦海。不過直線前進太愚蠢了。

流浪漢（Squatter）又不是同伴。八成會有人拿情報賣錢。

他四處狂奔，看準時機衝到大馬路上——

「上車……!!」

密探看見馬車以驚人的速度衝過來，連給雨馬鳴叫的時間都沒有。

他「喔！」一聲回應御者的吶喊，在馬車經過身邊時，先開門將紅髮魔法師扔進車內。

「哇……!?」她的尖叫聲再度被他無視。他對此感到愧疚，無奈情況緊急。

密探抓住持續前行的馬車的後半部，單憑腕力撐起身體。

單手按住被砸在身上的風吹起的帽子，爬到車頂。

御者這輛馬車設有天窗。

他將下半身滑進車內，終於拿起連弩，扭動身體面向後方。

——沒追過來，嗎？

貧民窟逐漸遠去。感覺不到敵人的氣息。目標死了。有人在追自己。

——不可能就這樣結束。

密探呼出一口氣，俐落地鑽進馬車。

§

「目標呢？」

「死了。」

在車輪的轉動聲中，密探簡短回答神官少女。

由於他的回答太籠統，紅髮少女苦笑著補充：

「被殺了。」

馬車劇烈搖晃。它從瓦礫上開過去，引發連彈簧都無法完全吸收的震動。

知識神神官立刻好奇得兩眼發光，她探出纖細的身軀。

「那個房間沒有窗戶對吧。門有上鎖嗎？」

「踹破（Master Key）了。」

密探的回答仍然簡短。他無法控制自己講話變得跟發高燒的時候一樣含糊不清。

需要時間冷卻（Cool Down）。密探扔下這句話，拿出菸含在口中。

超速運轉後，每次都會陷入這個狀態。得等到彷彿在燃燒的大腦溫度降下來，才有辦法行動。

「畢竟我們沒時間在那邊調查，也沒必要用『開鎖』。」

密探把手伸進口袋找火種，紅髮少女見狀，無奈地將手伸進行囊。

她拿出手掌大小的細筒及管子，兩者都是用水牛角做的。

接著熟練地將其組合在一起，兩隻手用力將管子插進筒中。

裡頭發出空氣壓縮的聲音。拔出管子，前端的火種正在熊熊燃燒。

「來。」

「謝了。」

密探像要親吻她遞過來的火般湊過去，點燃解熱劑。

晒乾的枸杞的果實及果皮燃燒起來，升起帶有淡淡甜味的煙，於車內擴散。

對了，她從什麼時候開始隨身攜帶這個打火器的？

剛認識時好像還沒這回事——

「……那樣不就不知道是不是密室殺人了嗎？」

神官鼓起臉頰嘟囔道，坐回原位。

馬車再度「喀噹」一聲彈起來，駕駛座傳來低沉的咂舌聲。

「那不重要，萬一衛兵派人盤查就糟了。從下水道過去吧。」

「好。」

「還有把窗戶打開。不然味道會散不掉。」

「是。」

密探點頭將馬車的窗戶拉開一些。他沒打算反抗。

既然他們還會接走私工作（Smuggling），自然需要知道街上的各種捷徑、密道。

意即該輪到專家出馬了。戰鬥結束後，剩下的部分只能交給其他人。

馬車嚴重傾斜，從碼頭滑向運河。

雨馬的腳步在水面踏出漣漪，水聲取代了車輪轉動的聲音。

「……是說，為什麼衛兵會在那種地方？」

密探深深嘆息，吐出充滿肺部的解熱劑的煙。

紅髮少女用視線問他「還好嗎」，密探點頭，用指尖捻熄菸蒂。

「別丟在裡面也別丟到外面喔。」

「知道啦。」

在御者的叮嚀下，密探將菸蒂扔進口袋。

御者大概是憑氣息感覺到了，念了句「很好」，接著說道：

「再說，住在那種貧民窟的小混混，是怎麼拿到藥的？」

「事先求證果然很重要……這哪裡是簡單的工作（milk run）。」

這一點果然該跟中間人抱怨嗎？密探心想。算了，等解決問題再說。

在工作途中開始推卸責任，跟自殺沒什麼兩樣。

「對不起。」白色野獸一副打從心底愧疚的態度。

「我們兩個也會再調查一下。不過，委託人沒有背叛我們喔。」

「大家都知道啦。」

紅髮少女微笑著輕輕撫摸野獸的頭。

她的動作及表情，肯定是在把她當成朋友對待，而非動物。

「可是，犯人是誰呀？既然我們有接到委託，被誰殺掉都不奇怪……」

「咦？這不是很簡單嗎？」

知識神神官的語氣，彷彿在說她真的很意外。

坐在馬車角落的她像要把所有人召集過來似的，「那麼」先講了句開場白。

「在場的人類至少有三名。妳和他，和另一個人。」

「……」

「妳沒有殺她，他也沒有殺她——這樣的話？」

密探低聲沉吟。

殺手不可能打扮得跟殺手一樣。

「**是那個衛兵嗎？**」

「答對了（Jackpot）。」

知識神神官露出滿意的笑容。

很少看到她露出這種表情。

§

「那個衛兵把她殺了……代表殺了她對她而言有好處。」

安靜的下水道中，知識神神官所說的話帶有不可思議的魄力。

馬車沿著宛如迷宮的水路左彎右拐，最後停在不曉得是哪裡的地方。

密探無法判斷現在的位置，不過御者想必瞭若指掌。無須擔憂。

流水聲在周圍的暗處產生回音，甚至讓人覺得半點生物的氣息都沒有。

不過，密探的眼睛確實**聽見了**。

有人如字面上的意思，屏住氣息躲在那邊。於黑暗中蠢蠢欲動的生物。在都市地下生活的生物。

——食屍鬼(Ghoul)。

就密探看來，怎麼看都是狗人，但既然當事人自稱食屍鬼，那就是這樣吧。

只會以屍體為食，從古墳出現的怪物。至少肯定不是什麼可愛的夢幻世界的居民。

至少對於從腳邊跑過的老鼠來說，被一把抓住後迎接的命運是現實沒錯。

「這些傢伙人挺好的。」

在前陣子的小鬼騷動嚴重受到波及的他們，好像不知何時跟御者牽上線(Contact)了。

他們雖然會吃人，總不會想跟每晚都在街上襲擊人類的小鬼一起被驅除掉。

不過一、兩年前的那起事件，倒是讓密探一行人賺了不少錢——

御者慎重地將堆在駕駛座的麻袋拖下來，踹進黑暗中。

下一秒，數不清的野獸湧向獵物將其撕裂，大口嚼食的聲音響徹四周，然後再度回歸靜寂。

「像這樣帶食物(屍體)過來，他們就不會攻擊我們，還會幫忙喔。」

「只要他們別邀我一起吃晚餐，我無所謂。」

密探從馬車的天窗探出上半身，看著這一幕，點點頭，催促車內的神官繼續說下去。

「然後呢？搞不好她是一時激動，就動手殺人啦。」

「就算是好了，她的精神依然能獲得滿足。這也稱得上是好處，是殺了會感覺到喜悅的對象。」

知識神神官彷彿在指導愚笨的學生，接著說道，向那名學生提問。

「最近跟藥有關的事件不是變多了嗎？」

「嗯，就我所知。」

「代表藥都集中在某個地方。」神官冷靜地說。「貨就是從那裡進的。」

「……哪裡？」

紅髮少女微微歪頭。明明沒人在偷聽，她卻壓低了音量。

「衛兵的駐紮地。」

神官講得輕描淡寫，瞇起眼睛。紅髮少女倒抽一口氣。

「把沒收的鴉片等毒品拿去轉賣給藥販，賺零用錢。很簡單吧？」

有點不敢相信——露出這種表情的，只有紅髮魔法師一人。

御者自不用說，連始終一語不發，推測是在忙著與中間人溝通的白色野獸，都同意這個推測。

然而，紅髮少女用彷彿不想承認的語氣輕聲詢問：

「……侍奉至高神的人，會做那種事嗎？」

「會喔。」

神官少女斬釘截鐵地對友人斷言。

「因為，決定善惡的不是眾神，而是我們嘛。」

因為天上的眾神不會希望人類「按照神的決定行動」。

神授予神蹟不是信仰的代價。

人類不是因為能得到神明的保佑才相信神明。

「雖然有人會認定優秀的人為神明所愛，自己之所以不幸是神明害的。」

只追求結果就會變成這樣。重要的是過程——神官低聲說道。

「到頭來，那種人只是想把自己不如人的責任推給神明而已。」

「……哎，之後的展開，我大概猜得到。」

密探彷彿無視了兩人的對話，開口說道。

他的身分可沒資格對善惡發表意見。

他們是為錢殺人的殺手，再無其他。

御者用手指彈了下帽簷，百無聊賴地說：

「賣藥的跟供貨的起爭執，通常都是交易時有什麼糾紛。」

「然後就殺了。」

密探說。御者點頭。

「這樣的話，至少想多撈點好處。」

「目標是對方存的錢。」

不看身分的話，就只是這樣的案件吧。

真的是如此簡單——無聊至極，稀鬆平常的事件。

單純只是時機和他們的工作撞在一起罷了，不曉得是「宿命」抑或「偶然」。

狀況極其簡單明瞭。不過……

「不過，就算明白真相，事情也沒解決啊。」

御者為密探說出內心的想法，悶悶不樂地說。

「這樣下去我們得白白背上這個罪名，被抓到然後就玩完了。」

「如果是因為自己的失誤而被抓，那還好說。」

密探笑了。面帶笑容，卻毫不猶豫地斷言。

「只能殺掉囉。」

「……殺衛兵不是個好選擇。」

「所以才要由我動手吧？」

御者將帽簷壓低。紅髮少女對他投以譴責的目光。

密探無視兩人。他明白自己的職責（Position）。

自己是可被取代的存在可否定人才（Deniable Asset）。

「畢竟你是負責動粗的那個。實際上應該也是。」

知識神神官的語氣，冷靜得一如往常。

或許是對此沒興趣。不如說，她有興趣的好像是其他事。

神官打開車門，小心翼翼——以不擅長運動的人特有的動作跳下車。

「在那之前還有件事要做吧……欸，這裡在這座城市的哪個位置？」

她像要掩飾自己在落地時沒站穩似的，語氣格外冷淡。

「如果知識神的寺院在附近就好了。」

「喔……不遠啊。」

聽見御者的回答，密探沉吟一聲，重新拿起掛在肩膀的連弩。

「要回寺院嗎？」

「對呀。你們沒查過資料？」

真不敢相信。知識神的愛女說著，以閃閃發光的雙眼看著同伴。

「查資料的時候，要先從書本下手。」

§

負責動粗的人在收集情報的階段（Research Phase）該做的事，同樣是動粗。

當然是出面交涉（Face）和保護術者（Spell User）。

如果只是站在那邊即可派上用場，就該乖乖站著，一句話都別抱怨吧。

「再說，一個人腦中的知識並不多。要嘛去問，要嘛去調查。」

「我來過好幾次知識神的寺院，還是覺得好壯觀喔……」

兩位少女一面竊竊私語，一面走向閱讀區，密探跟在她們身後心想。

鴉雀無聲的寺院中，擺著一排直達天頂的書櫃，儼然是座森林。

光憑從天窗灑落的月光還不夠，各個書架附近都點著蠟燭。

代表還有好幾個人在這麼晚的時間追求書中的知識嗎？

——我實在無法理解。

「識字算數什麼的，只要能計算魔球的分數就夠了吧。」

「沒什麼不好呀。代表你這輩子就停留在那個程度……噢，有了。幫我拿著這個。」

「喔。」

密探從旁抓住神官少女用指尖勾出來的書，從書櫃上抽出來。

人類的手會嫌重的鐵封面的厚書，對密探來說卻稱不上負擔。

這個重量似乎是用來防止書被偷的，不過裝訂的方式還真講究。而且很新。

「……這是什麼？」

「武鑑。」神官簡短回答。「貴族的來歷、工作等情報通通都在上面。」

「噢，今年的……已經出啦。」

紅髮少女的語氣彷彿只是在說這個季節的花開了。看來只有自己不知道那東西。密探咕噥了一聲。

即使身在黑暗中，他也能清楚看見神官表面面無表情，其實一臉得意。

——有時候看不見反而比較好。

在那邊抱怨只會讓他顯得不服輸，因此密探快步走向閱讀區。

只是要搬運的話暫且不提，這麼重的書，神官纖細的手臂不可能翻得動。

必定得像這樣把書放在閱讀區，翻閱羊皮紙製的書頁。

「這個機構出的書果然很棒。雖然有點貴……啊，妳就是因為這樣才缺錢的？」

「不是啦，是因為〈地獄之狼〉這部戲曲——講這個幹麼，所以對方是怎樣的人？身上有家紋之類的嗎？」

「我想一下，我有瞄到她衣服上的刺繡。盾（Escutcheon）是菱形（Lozenge）。頭盔頂飾（Crest）是——」

兩位少女湊在一起交換情報，就密探聽來儼然是某種暗號。
搞不清楚是紋章學還是什麼學的，直接寫明是誰家的哪個人不就得了？
——算了，我也沒資格插嘴。
論記憶力，紅髮少女比自己優秀。而且森人在暗處也看得見。
在有人呼喚他前，他只需要默默站著戒備周遭。
如果只是站在那邊即可派上用場，就該乖乖站著，一句話都別抱怨。
雖說是知識神的寺院，他們目前可是處於工作途中，也是被追捕的人。
更何況在這種狀況下只讓魔法師工作，自己一個人留在馬車裡看家？
——笑死人。
密探完全沒有拿工作分配當藉口，讓自己停止思考或偷懶的意思。
「幾位需要幫助嗎？」
看吧。有個用兜帽深深遮住臉，拿著蠟燭的人走過來跟他搭話。
若這是敵人的探子，等於得由她們兩個自行處理。
「啊，沒有……」
密探吞吞吐吐地說，迅速在腦中整理思緒，判斷狀況。
語氣沉穩平靜。看不出性別。不過大概是神官。
意即不是敵人。密探放鬆緊繃的肌肉，露出笑容。

「……我想她們很快就能查到了。我朋友很擅長查東西和找東西。」

「這樣呀。」

穿大衣的人簡短回答，語氣卻非常溫柔。讓人覺得他在微笑。

「畢竟在圖書館找東西，是探索者的習慣。」

「噢……」

燭光搖曳，她——是嗎？——緩緩低下頭。

「願黑暗不再（註2）。」

「願、願黑暗不再……」

密探勉強記得那是知識神的祈禱詞。

或許是他的回答奏效了。

穿大衣的人已經消失在書架的縫隙間，黑暗之中。

唯有遠方於點點繁星中閃耀光輝的燈火，殘留到了最後。

「……找到了。大概是這個人。」

這時，知識神神官開口，紅髮魔法師接著說「嗯，沒錯」。

密探瞄了身後的黑暗一眼，發現看不見燈火了，卻沒放在心上。

註2　里昂・斯普拉格・德坎普的著作《Lest Darkness Fall》。

他從身材嬌小的兩人頭上探頭窺探書頁，結果因為文筆太好的關係，看不懂內容。

「所以那傢伙是誰？」

「噢。她呀——」

知識神神官流暢地念出冗長如咒文的名字。

有一大塊領地的某個貴族家的某某伯爵的女兒什麼的。

「那不是有錢人家的大小姐嗎？」

密探當然毫無概念。他不知道公爵侯爵伯爵子爵男爵有何差別。

之前他問過「藩侯是指被貶到邊境的人嗎」，結果被她們用憐憫的眼神看待。

對他來說，有爵位的人全是貴族，貴族大部分是有錢人。

紅髮少女來回撫摸書頁，確認名字，輕輕點頭。

「這個人我認識。他有時會來師父那邊買藥。」

「藥？」

又是藥啊。密探用視線催促她說下去，不知為何，紅髮少女臉紅到了耳根子，低下頭。

「呃，那個……」

她扭扭捏捏，講話結巴，一副尷尬的樣子。吸氣，吐氣，做了個深呼吸——

「他、他好像有個森人……小妾？所以，那個……」

「想知道怎麼多生點小孩？」知識神神官鎮定地問。「還是少生點小孩？」

「少、少生點……」

「魚鰾、蜂蜜和合歡樹加松油吧。用物理手段解決最快就是了。」

別說啦。知識神神官無視她無言的抗議，闔上書。

「所以要怎麼做？」

「嗯？」

不知道。密探歪過頭，神官像在問晚餐要吃什麼一樣，接著說：

「對方的身分查到啦。」

「這個嘛，利用這個情報搞個事。」

因此，他也回答得非常乾脆。

「而要怎麼拿它來賺錢——中間人（Fixer）應該會想辦法吧。」

§

深夜中的貧民窟（Sprawl），安靜得如同廢墟。

住在這個區域的人，晚上大多會去做不方便明言的工作，或是抑制住呼吸聲睡覺。

何況數小時前才剛發生過命案，就更不用說了。

屍體已經被搬出做為事發現場的集合住宅(Insula)，也沒看到衛兵隊。

因為凶手、下手方式、動機都顯而易見。

既然如此，當務之急就是抓到凶手，沒必要跟狗一樣留在現場嗅來嗅去。

「……哼。」

——所以，正好適合調查。

唰。明明沒必要偷偷摸摸的，那名女衛兵卻不悅地為自己的腳步聲哼了聲，走向商店廢墟。

可以說受到了意想不到的阻礙。或者是天賜良機？

「宿命」及「偶然」的骰子骰出的數字，究竟是吉是凶？

僅僅是顆棋子的她，連推測都無法推測——因此，她默默爬上樓梯。

然後踹破門，果斷踏進現在用繩子封住的室內。

除了房門倒在室內和女性半森人(Half Elf)的屍體消失外，毫無變化。

——那隻該死的鬼。

女衛兵嘴角勾起嘲諷的笑。

擁有鬼之外號的衛兵長，下達了許多瑣碎的命令。保全現場也是其中之一。

對於不在衛兵長管轄之下的她來說，沒有比這更綁手綁腳的了。

不過多虧那隻鬼的安排，女衛兵才有機會找自己想找的東西。骰子骰出的點數果然不錯。

——至少比期待[七]值高。

她單膝跪到地上。

從床上滴下來的血滲透底下的地毯，留下一大片血跡。

她伸手想拿開地毯，忽然停止動作。

——好像，不太對勁……？

難以言喻，分不清是第六感還是知覺的某種感覺閃過腦海。

這是——地毯的汙漬和地板汙漬的位置，對不上……？

「那是故意的。因為之後我要讓人來場名推理。」

聲音忽然傳來。

那人的聲音寒冷如冰柱，刺在女衛兵的背脊上。

「我一直在想要去家裡還是案發現場堵人。」

她反射性把手放在腰間的劍上，像發條人偶似地跳起來。

灰暗的房間中，她的視線迅速左右移動。

房間角落。床上。沒有窗戶。倉庫裡面————有門的空間。正後方……！

「跑錯地方就好笑了。不過犯人好像都會習慣回到現場。」
映入眼簾的是影子。於影中奔跑的無名生物。
臉部被皮外套及軍帽——雖然女衛兵看不清楚——遮住，看不見。
只知道那人的雙眼隱約亮著不明的光。
「聽說想從搜查網中逃離，最好的方式就是在撒網後回到網子的內側。」
女衛兵後退了幾步，遠離擋在門口的影子。
就算她的夜間視力再怎麼差，也不可能沒看見影子——密探手裡拿著短筒槍。
密探笑著說「跟剛才的情況相反呢」，女衛兵卻沒有回答。
他輕輕聳肩，用沒拿槍的左手在胸前摸索。
「藏起來的錢我已經找到囉。我有個很會查東西的朋友。」
他拿出由木片拼湊而成的舊箱子，是與這個房間格格不入的高級書箱。
把床下的地毯和地板拿開後，這東西就藏在底下。
由於也有可能被衛兵隊拿走，她原本還在擔心，幸好結果還算不錯。
因為——如果衛兵隊發現這個，傷腦筋的會是女衛兵本人。
她抽中了十之八九中的那八成的可能性。無論何時，最能期望的點數都是三或四。
而且既然一切進行順利，何必特地擔心失敗時該怎麼辦？

「馬上把那個箱子還來。」

女衛兵的語氣，緊繃得彷彿隨時會繃斷。

仔細一想，這還是他第一次聽見她的聲音。他忍不住笑出來。

「如果你乖乖被我抓住，至高神應該也會願意網開一面。」

「所以這是妳的東西囉？真壯觀，嚇我一跳。」

密探依然面帶笑容，拿出箱子裡的東西給她看。

裡頭是參雜銅幣、銀幣、假錢的袋子，推測是藥販存的錢。

以及蓋了綠色眼睛封蠟的信封。已經拆了。是訂單——和室內的詳細平面圖。

「我不知道妳打算把這東西用多少錢賣給邪教徒，這地圖不是妳的吧？」

「……」

若光憑視線能夠殺人，密探肯定已經死五、六次了。

他單手蓋上書箱，塞進外套的口袋。

然後把手從口袋裡抽出來，像在扔玩具似地將手中的東西丟出去。

「——這才是妳的吧？」

咚。發出銳利聲音刺進地板的，是染上暗紅色髒汙的美麗短劍。

數小時前，刺在那名半森人女性——藥販胸前的東西。

他都特地還給她了，物主卻不肯撿起來。

不過，密探也不期望她會做出那種戲劇性的反應。

單純是因為會有用，他才把短劍帶過來。

「刺劍和短劍是一對的。妳當時只有用刺劍，我就覺得奇怪。」

女衛兵狠狠瞪向密探，喘著氣，好不容易擠出聲音。

「你是怎麼……」

「——別問這種問題啦。」

實際上，他只是扮成流浪漢，偽裝成她手下的探子塞錢給衛兵，把凶器帶出來罷了。

畢竟罪證這種東西被衛兵拿去賣掉賺零用錢，再平常不過。

也有很多市民想拿證物當紀念品——至於要紀念什麼就不知道了——總會有辦法弄到手。

然而聽說目前的衛兵長嚴格如鬼。那名兔人衛兵八成會被臭罵一頓。

但他沒義務刻意跟她說明得那麼仔細。也沒那個時間。

「————!!」

女子踢飛刺在地板上的短劍，同時拔出刺劍衝過來。

儼然是老虎或獅子。這一刺銳利如閃電，來不及閃開短劍。

密探咬緊牙關。四肢施力。短劍的劍尖率先逼近變遲鈍的視野——

「這個距離，短筒比小刀還快。」

他的右手往扳機一扣，鉛彈發出巨響擊飛女子手中的刺劍。

「『克拉維斯（鑰匙）……卡利布努斯（鋼鐵）……諾篤斯（收束）』……!!」

與此同時，鐵靴「喀嚓」一聲被固定住，女子直接倒向前方。

她哀叫出聲的時候，密探已經抓住射過來的短劍。

在經過加速的意識中，這僅僅是一眨眼的攻防戰。

「施法者……！」

密探在女衛兵掙扎著想站起來時走過去，一腳踩在她背上。

「我們是兩人一組（Two man cell）。」密探笑道。「她比我可靠得多喔。」

就算他能在暗處視物，面對戰鬥的專家（Pro）可不能這麼不要命（Daredevil），不過兩個人一起上倒還應付得來。

他蹲下來和女衛兵對上目光，肺部被踩住的她，喘得上氣不接下氣。

被女衛兵用換成朋友能讓他一定受不了的凶狠目光瞪著，密探聳了下肩膀。

「很多人以為短筒槍是遠距離攻擊武器，其實是在極近距離直接拿來敲人的匕首類。」

密探將女衛兵的臉壓在枕頭上。握住槍身，舉起槍托。

枕頭原本就被藥販的血染成暗紅色。多幾滴血也沒差。

而且——看。壓在柔軟的緩衝物上打人，是不留下傷痕的最佳手段。

「殺衛兵會惹麻煩上身。就設計成——妳是捲款逃逸好了。」

「等等，來做個交易吧！」

女衛兵忽然尖聲大叫，像熱鍋裡的蝦子般不停扭動身軀。

密探沒有聽她說話的意思，但他花了點時間按住她，沒有立刻回答。

「別做收錢殺人這種工作了，要不要……幫我讓世界變得更好？」

「唔。」

「因為，如果你真的想殺我，早就動手了。一定是有想要的東西。」

「有是有。」

「錢。以及名譽——想幹大事。沒錯吧？」

女子似乎把密探隨口的回應往對自己有利的方向解釋了，滔滔不絕地說。

「你也是凡人對吧？那你應該知道才對。這座城市正在逐漸遭到侵略。」

「嗯，事實上是這樣。」

「往街上一看，到處都看得見。森人、礦人、獸人、圃人聚在一起……」

女衛兵又開始在枕頭底下蠕動。

不曉得是想逃跑，還是在發抖，密探無法分辨。

「我要排除亞人（Demi）和與他們為伍的愚蠢國王，奪回我們的國家。那是正確的。」

女衛兵毫不感到愧疚。看起來沒有一絲迷惘，沒有一絲躊躇。

為此，她私下轉賣扣押物，散播毒品，暗殺交易對象，把罪名栽贓給別人，如今向人求饒。

「亞人（Demi）啊。」

密探彷彿在把水果的種子吐掉，說出這句話。

「沒錯吧？」

女衛兵不屑地說。語氣像要把在肚子裡翻騰的情緒通通傾訴出來。

「從凡人的胯下生出來的森人，噁心死了。」

「哎，每個人意見不同囉。」

貧民窟的流浪漢、不法之徒、奴隸被毒品害成廢人，遭到殺害。他沒道理為此憤怒。

因為他也常常收錢幹壞事，收錢殺人。沒有區別。

眼前這位雇主（Johnson）的希望，似乎是「想要我心目中的乾淨城市」。

報酬是錢和名譽。好像能對這個世界和人民有幫助。為美化市容做出貢獻。

所以要殺人。殺掉從凡人的胯下出生的森人。沒有區別。

密探聳聳肩膀。

「跟在晚上找影子一樣。」

「……什麼？」

「那不是我的工作。」

女衛兵沒有馬上回答。

她抬頭把枕頭擠開，對他投以看見難以理解的存在的目光。

「……那你想要什麼？」

「這個嘛。」

密探想了一會兒，露出神似鯊魚的笑容。

「戰隊(Team)奪得冠軍吧。」

§

在下水道發完裝在麻袋裡的絞肉時，天空開始透出黎明的微光。

帶了點黑色的紫色天空，有人覺得美麗，應該也有人覺得恐怖。

對於完成一件費力工作的密探來說，只覺得刺眼就是了。

他從地下上到地面，聽著流水聲，稍微駐足。

御者所說的那些好傢伙，這兩天大概不用愁沒飯吃了。

兔人衛兵八成很快就會遭到責備，衛兵回到案發現場，發現第二灘血漬。

他們會發現空空如也的書箱。一名衛兵下落不明。既然如此，真相只有一個。女衛兵因為轉賣扣押物後引發的糾紛，殺了藥販捲款逃逸——逃到**某個地方**。事件就此落幕。四方世界一片和平。

停在下水道入口——或者說是出口——的密探，慢慢邁步前行。

然而，全身的緊張仍未緩解。

微弱的陽光照亮街道。停在那邊的熟悉馬車旁，站著不熟悉的人物。

密探邊走邊確認收在胸前的短筒槍的重量。

連弩的彈數雖然較多，論順手度和一擊的威力，是短筒槍占上風。不會有錯。

不過——他停下腳步。

因為那個存在實在太令人難以置信。

「——侍女（Maid）？」

「是委託人的**代理人**。」

讓人覺得是年幼少女的銀髮女性——存在感卻異常薄弱，如影般的侍女。

——代理人？

這樣的話，她穿成這樣是興趣或喬裝囉？總不會真的是侍女（Maid）吧。

密探疑惑地仰望坐在駕駛座的友人。

御者一副事不關己的態度拉低帽子，不耐煩地搖頭。

「看來你工作做完了。狀況如何？」

「……」

密探保持戒心，緩緩解開外套的釦子，拉開外套。

短筒槍掛在胸前。他把手伸進旁邊，取出已拆封的信封和地圖扔出去。

銀髮侍女在它們落地前將其接住，「呣」了一聲，好奇地問：

「查過這是哪裡的地圖了嗎？」

「不。」密探搖頭。「太忙了。」

「沒關係。」

侍女仔細摺好地圖，放入信封，收進侍女服的口袋。

「這樣就能阻止毒品在水之都擴散了。委託人也很高興喔。」

她的語氣毫無起伏，甚至稱得上空洞。

「委託達成。報酬在中間人（Fixer）那邊。」

「是。」密探點頭。「今後也請多多關照。」

「嗯，會的。」

銀髮侍女輕聲道別，慢慢走向巷子的深處。

她的步伐簡直像早上要去購物，如影子般消失不見。

密探一語不發，目送她離去。頭、腦熱得彷彿在燃燒。

「……結束了。」

白色野獸從駕駛座旁邊探出頭，緊張地吁出一口氣。

她搞不好知道那名銀髮侍女是誰。

「辛苦了。」

「嗯。」

密探簡短回答。實際上，他確實覺得很辛苦。

白色野獸見狀，像在傾聽遠方的聲音般歪過頭，抽動鼻子。

「他說……『一直以來不好意思啦』。」

「不會。」

真的不會。

幫忙交涉的人、幫忙調查的人、幫忙支援的人、幫忙載人的人。

還有在旁邊幫忙施法的人。既然如此——

「殺掉目標(Hit)，讓大家平安回家(Home)，就是我的職責(Position)不是嗎？」

「你這人真的是除了個性外都可以找人取代耶。」

白色野獸笑了。中間人八成也在笑。因此，密探也笑了。

得到朋友的稱讚，感覺還不賴。

「我得去跟中間人報告，所以要先回去一趟。」

「他沒跟妳在同一間房間呀？」

馬車（Wagon）裡傳來知識神神官的輕笑聲。

「誰知道呢。」

使魔故作無知，卻被車內的神官拎著脖子，放到大腿上。

「我今天也要回寺院。好想連睡三天。」

事實上，就是這名神官少女一直在用知識神授予的權能戒備周遭。

密探咕噥道「辛苦了」。御者聞言輕輕哼了聲。

「怎樣？你也要上車嗎？」

「不。」密探想了一下後搖頭。「我用走的回去。」

「這樣啊。」

御者粗野的面容上浮現淡淡的微笑，握住繫著雨馬的韁繩。

「『奔馳吧雨馬（Kelbi），從泥土到森河，從海到天空』！」

泡沫鬃毛、雨水馬蹄，雨馬拉的馬車駛向前，在河面留下馬鳴聲。

密探站在空無一人的街道上，茫然地看著馬車離開。

然後，他終於無法忍受清晨的白光，拖著雙腿走起路來。

——工作結束後，他想了一下。

那名衛兵的心情，他只能靠想像的。

那是遵循自然法則的（食屍鬼的糞便）下場，她肯定不會不滿。

——將零碎的情報往對自己有利的方向組合，自然會被強迫觀念（Paranoia）荼毒。

不過，打個比方——只是打個比方。

假如那名半森人藥販，是那個衛兵的姊姊或妹妹如何？

她是貴族的私生子，不曉得是不是情婦的小孩。混血。被趕出家門，卻無法自力更生。

她成了不法之徒，甚至開始碰鴉片，利用家人是衛兵這一點要她轉賣扣押物。

萬一被人發現，衛兵的升遷之路會受到影響。不僅如此，還會連累老家吧。

而當衛兵的那個……另一個女兒也沒好到哪去。

凡人至上主義（Humanism）。為此不擇手段。甚至不惜與混沌勾結。

——委託人八成是那兩個人的父母。麻煩事就是要當成沒發生過。或者用更好的處理方式。

然而，藥販發現了。不曉得是碰巧，還是巧妙地偷到了姊妹的密信。

之後不曉得是威脅了她——還是試圖阻止她。

無論如何——世上很多事是用不著知道的。也無從得知。

貧民窟的流浪漢、不法之徒、奴隸被毒品害成廢人，遭到殺害，會有人為此難過嗎？

© Noboru Kannatuki

特地讓這種醜事傳到下面的人耳中，擾亂他們內心的平靜，一點意義都沒有。吵著要把這件事攤開在陽光下的，不是無可救藥的白痴，就是不知死活的人，而他兩者皆非。

「……哼。」

希望她當時選擇威脅她。希望每個人都不是好東西。希望每個人都無藥可救。

——這樣罪孽(Karma)也會減輕一些。

密探終於受不了火熱的陽光，在外套口袋裡摸索。

他抽出枸杞細菸。接下來只要用打火器——

「……來。」

他聽見管子敲打筒子的聲音，火種湊到眼前。

「……嗨。」

紅髮少女——身為調換兒(Changeling)的森人女孩，帶著靦腆的笑容站在那裡。

密探默默用她的火點燃菸，吸入大量解熱劑的煙霧，讓大腦冷靜下來後嘀咕道：

「……怎麼？妳沒上馬車嗎？」

「嗯。」紅髮少女點頭。「因為我有點想用走的回家。」

「是嗎？」

兩人在散發淡淡甜味的煙霧中，悠閒地邁步而出。

他比她高一顆頭。森人普遍高大，她卻瘦小、纖細、輕盈。

是因為雙親是凡人嗎？不知道。密探不認識其他是調換兒的森人。

走路步伐較大的密探稍微放慢速度，紅髮少女默默小跑步起來，站到他旁邊。

他們對彼此都不甚瞭解。

為錢踏進影中的世界，因為意外而失去四肢的落魄魔球選手。

由於調換兒的身分被奴隸商人盯上，想幫遭到牽連的友人報仇的商家女兒。

善惡、高尚低俗、秩序混沌，全是無謂的小事。

「欸。」她輕聲呢喃。「下次帶我去看魔球嘛。」

「妳沒看過？」

「其實沒什麼機會看。」

「這樣啊。」密探點頭。「那我買花生和糖漬點心給妳吃。」

「原來會吃那種東西呀？」

紅髮少女笑出聲來，不曉得在笑什麼。

水之都也差不多要醒來了。

人潮湧向街道，商店的招牌轉成營業中的那一面，充滿嘈雜的人聲和腳步聲。

圃人廚師開始進貨，礦人鐵匠點燃爐子，森人詩人演奏歌曲。

街上立刻被行人擠得水洩不通，凡人與獸人小孩跑得差點跌倒。

他們會如何看待在其中並肩而行的兩人呢。

密探一面思考，一面跟她聊著無關緊要的話題，接著馬上笑著心想「隨便啦」。

因為殺手又不一定要表現得像殺手。

第4章
『開始準備過冬的故事』

「唔唔唔……」

是個要從被窩裡爬出來非常艱辛的早晨。

晨光尚未從窗外照進，寒意穿透牆壁，刺在肌膚上。

老實說，牧牛妹真想永遠窩在床上。

直到數年前——現在回想起來，大概是自甘墮落——她早上都是這樣度過。

——不如說是提不起幹勁幫自己打氣。

儘管現在有精神多了，沒有他的早晨還是有點難熬。

她覺得自己快要回到愛賴床的那時候，得撐住才行。

「……嗯……嗯……好……！」

她做了個深呼吸，下定決心離開被窩。

令人凍僵的冷空氣瞬間爬上肌膚，牧牛妹反射性瑟縮了一下。

她忍不住把毛毯披在肩上，小跑步向衣櫃。趕快換好衣服吧。

她將內衣套上豐滿的肢體，先鬆了口氣。

然後拿起羊毛織成的上衣。

——雖然還有點早，可以拿出來穿了吧？

輸給寒冷的牧牛妹不知道在徵求誰的同意，決定穿上那件毛衣。

她把手臂和頭塞進去，就這樣一口氣穿上——

「……唔唔……？」

有點緊。

——的感覺？

舉起手臂，扭動腰部，不停摩擦被地板冰到的赤裸腳掌，在原地轉圈，確認狀況。

這可是現在優先度第一的問題。對花樣年華的少女來說相當重要。

——應該……不是，我變胖了……吧？

嗯，不是。應該。不是吧。

仔細一想，這件毛衣是在滿久之前織的。

——這是所謂的發育……嗎？

「……至少該換一件新的了。」

她吐了口氣，把腳塞進工作用的綁腿，繫好吊帶，穿上襪子跟鞋子。

這樣就行了。剩下的是——

「……嘿嘿嘿。」

這是最近每天早上的例行公事，但不知為何，她總會下意識揚起嘴角。現在的她很能理解為什麼會有「漾出笑容」、「綻放笑容」這種描述方式。

牧牛妹最後拿出的是連在黑暗中都會閃耀光輝，顏色像紅寶石的鱗片。她費了好一番工夫，還是無法在上面開洞，所以她用繩子纏了好幾圈，拿來當項鍊用。

前陣子，他從東方的沙漠回來後，帶了這東西當土產。

——他說是龍鱗，是真的嗎？

應該不是謊言。可是，龍。她只在故事書裡看過這麼厲害的生物。

而這就是龍的鱗片——牧牛妹覺得自己彷彿在作夢，他送了那東西給自己，也像在作夢。

更何況自己還把它戴在身上，真不敢相信。

過沒多久，早晨第一道陽光照進室內，看著龍鱗在陽光底下閃閃發光，是她最近的習慣。

雖然不知道他到底記不記得，兩人年幼時的小小回憶……

「呵呵……」

牧牛妹再度露出無法控制的笑容，將龍鱗掛在脖子上。

然後塞進衣服底下，避免弄丟。

「好，今天也加油吧……！」

§

第一個到廚房的缺點是很冷，優點是能最先暖和起來。

她將用蓋子蓋住的昨晚的餘燼放進爐子，迅速生好火。

火焰劈里啪啦冒出火花，慢慢驅散寒意。

等等晨光也會變得更強，屋內肯定會變暖。

「你也怕冷吧？」

掛在食堂的鳥籠中，金絲雀像在應聲似地吱吱叫著。

金絲雀怕冷，所以她想盡量讓牠離暖爐和火近一點，可是煙應該對身體不太好。

經過一番苦思，牧牛妹將裡面塞了棉花，外面罩著一層罩子，再用布包住的溫石放在牠旁邊。

很遺憾，她聽不懂鳥說的話，不過金絲雀看起來很有精神，真的太好了。

© Noboru Kannatuki

「今天……要煮什麼呢。」

嘴上這麼說，農家的三餐可沒那麼多變化。

大部分的情況下，每天都是吃只是把蔬菜丟進去煮的鍋料理，也就是燉菜。

幸好她家是自耕農，過得比荒村來得好。

話雖如此，為了過冬，醃肉之類的食材她還是想盡量省著點用。

魚乾在吃之前要用木槌敲軟，因此今天得花特別多力氣。

他在的時候，她還會努力多做一道燉菜，可是他不在的話，就該做平常的早餐。

「哎，用一點培根好了。還有起司跟，嗯……」

有豆子，也有麵包，還有一點馬鈴薯。這樣的話，把牛骨拿去熬……

「嗯，來煮湯好了！」

既然決定了，就趕快動手吧。

得先忍住寒冷，從水井裡汲水，把水提到廚房倒進水瓶。

然後點火燒開鍋子裡的水，把牛骨和昨晚的菜渣丟進去煮。

當然不可能馬上煮好，因此她趁這段時間從掛在廚房的麻袋裡拿出馬鈴薯削皮。

「馬鈴薯也用熱水燙一下——還要搗成泥過篩呢。」

煮飯還挺累人的。汲水也是，備料也是。

——獸人在餐廳的表現很好，說不定是因為這樣……？

她邊想邊搗爛用熱水燙熟的馬鈴薯，聽見接近食堂的腳步聲。

「早安，舅舅。」她背對著聲音來源說。「早餐快煮好囉。」

「嗯，早……唉，變這麼冷了。」

拉開椅子的聲音，告訴她舅舅坐下來了。

牧牛妹「對呀」加重語調附和。今天真的好冷。

「那頭長瘤的驢馬好像不怕冷。雖然這是好事。」

「舅舅，那叫駱駝。」

「噢，對。駱駝，駱駝啊……神祕的生物。」

綁在馬廄的那隻奇妙生物——駱駝，也是他從東方帶回來的土產。

她很高興他記得出門前的那幾句閒聊，不過——

——真是的。

拿他沒辦法。那麼大的土產，害她不禁失笑。

幸好舅舅和她都識字，還算照顧得來，所以不成問題。

——而且近看還滿可愛的。

繼金絲雀後，這是第二隻……第二頭？總而言之，家裡變熱鬧是件好事。

「不過，牠的奶不錯。」

舅舅果然因為職業病的關係，在不斷嘗試要如何善用那頭駱駝。

舅舅想活用他帶回來的東西，繼之前的冰品後是第二次。

她真的很高興。

「量不多，但味道挺好的。」

「能拿去賣嗎？」

「得試過才知道，如果能做成起司就可以。可是沒辦法大量生產，應該比較偏珍味那類的。」

「這樣呀。太好了。」

真的太好了。

牧牛妹笑咪咪地繼續動手做菜。

馬鈴薯搗成泥後拿去過篩，到時湯也煮好了。

——聽說在城裡真的會花一整天的時間燉湯？

但他們又不是國王公主，以每天的三餐來說，這樣就夠了吧。

她把鍋裡的菜渣和牛骨撈起來。這麼冷的天氣，這鍋湯底照理說可以放個幾天。

最後將篩過的馬鈴薯泥跟少許的湯、牛奶、豆子、培根混在一起，燉煮。

「好，完成！」

她吆喝著「久等了——」將早餐端到舅舅面前，坐到他對面，開飯。

感謝地母神賜予每天的糧食後，拿起餐具。

今年的收穫也不錯，真是太感謝地母神了。希望明年也是如此——

「……咦？」

這時，牧牛妹忽然停下拿湯匙的手。舅舅問「怎麼了？」她搖搖頭。

舅舅也穿著手織毛衣。不過，同樣有點穿舊了。

——之前那件果然是很久以前織的。

當時應該也有幫他織一件？有嗎？

可是，她的毛衣變緊了。舅舅的衣服也舊了。就算有幫他織——

「……嗯，那就決定囉。」

她下意識自言自語。舅舅疑惑地望向她，她搖頭表示沒什麼。

——等今天的工作做完再說。當然全家人都有份。不過。

為他織一件毛衣吧。

§

「……糟糕。」

做完工作，回到房間，拿出毛線及棒針，正準備動手時——

牧牛妹發現自己的失態，差點抱頭呻吟。

——我根本不知道他的尺寸……！

自己的尺寸她當然很清楚。舅舅的體格，嗯，也知道。

可是他的——真的毫無頭緒。

——還不都是因為他總是穿著鎧甲。

在家時他偶爾會把鎧甲脫掉，不過大部分的時間都一直穿著，拿他沒轍。

好不容易打起幹勁，卻遇到阻礙，牧牛妹忍不住鼓起臉頰。

當然，當事人八成會只回一句「是嗎」，這又讓她火大起來。

唯有這點，絕對不能說是推卸責任或遷怒吧。

「嗯……拿他的衣服看看好了……」

她走出房間，躡手躡腳——這個行為並沒有什麼意義——來到他的房間。

牧牛妹常在他外出時打掃他的房間，今天的感覺卻不太一樣。

跟平常進來做家事的時候不同，這次是為了偷偷幫他織毛衣，偷偷來確認的。

——呃，其實偷織毛衣一點意義都……沒有。

是沒有，不過，這跟那是兩回事。嗯。

他突然要出去冒險，這幾天都不在家。她很清楚。

因此，這不是禮貌之類的問題，是她自己內心的問題。

「……嗯——你房間還是一樣沒什麼東西呢。」

她苦笑著說。

只有拿來當置物櫃的衣櫃和備用的鎧甲、劍、盾。

這裡只是寢室，要說的話，那間倉庫還比較接近他的房間。

——要是放著不管，他會一直窩在那個跟洞窟一樣的地方。

祕密基地。小時候他們常常在村子附近到處跑，蓋了那樣的地方。

懷念的情緒揪心又溫暖，化為笑容於臉上浮現。

就她所知，爸媽應該也沒發現有那樣的祕密基地。

代表以前和現在——都只有自己知道得那麼清楚？

「……呵呵。」

牧牛妹分不清自己是高興還是悲傷，一屁股坐到床上。

他的味道不可能留在這邊。他不在的時候，她也會固定幫忙換床單。

她坐在床上，不經意地凝視天花板，思考他現在在哪裡做什麼——

「噢，不行不行。我不是來發呆的。」

她拍了下臉頰，一口氣站起來，轉換心情。

決定做一件事時不立刻採取行動的話，永遠不會去做。因為她很怕麻煩。

——我看看……

她抬起長櫃沉重的蓋子，拿出他收在裡面的衣服。

——這是叫軟甲(Gambeson)嗎？

記得是這個名字。

塞了一層厚厚的棉花，毛茸茸的，重要部位都有特地補強。

竄入鼻尖的——嗯，應該是他的味道。

「有點臭就是了。」

她微微苦笑。畢竟是泥土、汗水、血的味道。

完全不是少女會心動的味道。

這是攸關性命的裝備，所以她不能擅自幫忙清洗。而且她也不知道正確的做法。

——等他回來，請他教我吧。

牧牛妹默默下定決心，將軟甲攤開在床上，試圖測量尺寸。

「嗯……」

可是——這樣測準嗎？

再說一次，軟甲被棉花塞得鼓鼓的，到處都有補強的痕跡。

而且有些部分特別蓬鬆，大概是因為穿在鎧甲底下。

她壓根不覺得拿這東西的尺寸，可以織出大小剛好的毛衣。

如果是有加入編織組織的工匠也就算了——

「怎麼辦呢……」

她手抵著下巴，再次沉吟。

這種時候就是要找朋友商量，她立刻想到櫃檯小姐，不過。

——找她商量這種事，實在有點奇怪……

那該如何是好？

§

「毛衣啊。經妳這麼一說，我沒穿過耶。」

兩人本來想跟平常一樣，在公會後面談話，結果一陣北風吹來，她們便進到食堂裡面。

休息中的獸人女侍邋遢地坐在椅子上晃來晃去，晃得椅子吱嘎作響。

「因為我有毛嘛。自己的！」

「毛茸茸的呢。」

牧牛妹對年紀相近的友人說「給我摸摸看嘛？」請對方讓自己撫摸那雙柔軟的手。

她握住被毛覆蓋的大肉球，獸人女侍發出帶鼻音的悶哼聲。

「嗯……呵呵，全換成冬毛了！」

「真好。我有點羨慕。」

「羨慕吧——？」獸人女侍抖動耳朵。「不過每次換季都會脫毛，挺麻煩的。」

撥開手上的毛皮一看，明顯看得出她的毛分成上下兩層。

所以應該很軟很保暖，可是一聽見會脫毛，那也滿難處理的。

「每個人果然都有難處呢。」

「對呀。我也想像凡人(Hume)一樣穿各種衣服。」

獸人女侍撐著頰，將豐滿的上半身靠在桌上。

巨大的耳朵、巨大的雙手、尾巴——以及身體各處的毛皮，都會挑衣服。

帽子和手套不方便戴，短裙也會讓人煩惱適不適合穿。還得考慮衣服顏色跟毛色的搭配。

「類似鄰居家的草坪嗎？」

牧牛妹說道，吐了口氣。每個人都不能過得隨心所欲。

「噢，剛才是在聊尺寸對吧。」

「啊，嗯。」獸人女侍點頭。「小鬼殺手大爺的衣服啊。我也不知道耶。」

不如說妳應該比我更清楚吧？她疑惑地看著牧牛妹。牧牛妹「啊哈哈」笑出聲來。

「可是，做鎧甲或頭盔的人感覺就會知道吧？」

「啊——工房老闆嗎？」

獸人女侍咕噥著「原來如此，原來如此」，抱著胳膊頻頻點頭。

牧牛妹也知道她跟在工房當學徒的少年關係不錯。

「他可能會知道啦。」

「可以麻煩妳嗎？」

「唔……他最近好像很忙……」

是嗎？牧牛妹微微歪頭，獸人女侍「嗯」沒勁地點頭。

聽說東邊的國家發生動亂，飛龍和魔神現身於各地。

拜其所賜，冒險者也得採購新裝備，導致工房不得不拚命趕工。

「生意興隆不是很好嗎？」

「是沒錯。但他這陣子都沒來店裡……」

獸人女侍悶悶不樂地說，像要把胸部壓扁般趴到桌上。

她們一副置身事外的態度——可是，有什麼辦法？

她一直覺得戰爭跟自己隔了薄薄一層皮，是發生在另一側的事情。

和牧牛妹絕對不是毫無關聯。過去是，現在亦然。

他前往的冒險是剿滅小鬼，無論事大事小，都放在秩序及混沌的天秤上。

「所以，我要收取代價！」

獸人女侍坐起身，牧牛妹很感謝她用這種開玩笑般的語氣說話。

「哦哦。」牧牛妹的口氣恭敬得讓人想笑。「請問您有什麼要求？」

「機會難得！也教我怎麼織毛衣吧！」

「很難喔。」

牧牛妹說完，自己也忍不住笑出來。沒必要擺架子。

「呵呵，是可以。妳沒織過毛衣？」

「小時候我的手會冷，所以我買過手套。」

媽媽給了我兩枚銅幣。獸人女侍笑著說。

牧牛妹忽然想起母親。母親的面容已經記不清楚了。

「可是，不知道尺寸就沒辦法開工喔？像我現在就是這樣。」

「啊──放心放心。那個我再清楚不過！」

「咦。」

牧牛妹反射性眨眨眼。臉有點紅。

──呃，不會吧。

「……妳要織給自己？」

「嗯。」

獸人女侍乾脆地說，一副理所當然──不如說得意洋洋的態度。

「萬一失敗我再塞給他。」

──原來不是要送他的。

思及此，總覺得對那名少年不太好意思，但還不都是因為他不主動進攻。

牧牛妹把手放在豐滿的胸部──底下的紅色龍鱗上，笑出聲來。

女孩子可不會一直在原地空等。

§

有物資，也擬定了計畫。剩下只需要付諸實行。

「欸，欸，要怎麼做!?果然是先從領子開始織嗎!?」

「呃，有很多織法……」

獸人女侍──她說「那傢伙超好應付的」──問到情報後，兩人回到食堂的一角。

兩位少女並肩坐在一起，認真討論起來。萬萬不可失敗。

她們甚至把棒針及五顏六色的毛線都買來了，準備得相當周到，牧牛妹不禁失笑。

「最簡單的方式是先織完前面、後面、袖子，再接在一起……吧？」

「喔喔。」

「第一次織毛衣的話，從面積最大的前面開始織比較好。」

「從最花時間的地方下手的意思。」

獸人女侍探出上半身聽她說明，兩眼忽然亮起光芒。

「也就是，跟做菜一樣！」

「啊哈哈。對呀……嗯，包含『照著食譜做就沒問題』這一點喔。」

「我不會第一次織毛衣就自己亂改配方啦。」

獸人女侍揮動肉球，咯咯大笑。

「按照步驟做就行了對吧。好，來吧──！」

「嗯，反正不管怎樣都沒辦法一、兩天就織完，不用急。」

「這點也跟做菜一樣耶……」

兩位少女邊說邊動手，織起毛衣。

這並不罕見。

秋天和冬天的下午很長。

農家女孩在暖爐旁邊做其他事，打發那漫長的閒暇時間，是常有的事。

織東西、刺繡、織蕾絲，諸如此類——

動手的時候，當然會開啟女性之間的話題。

「哦，大爺又跑出去啦？」

「嗯。」牧牛妹一面用棒針勾毛線，一面點頭。「沒辦法，他是冒險者。」

「又是剿滅小鬼？」

「好像不是。詳情我不知道。」

「這樣啊……」

獸人女侍的嘴巴似乎比手更會動。

瞧她被毛線搞得一個頭兩個大，依然沒放棄，大概是認真的。

她「唔唔唔唔」板起可愛的臉，努力用那雙大手操作棒針。

不清楚狀況的人搞不好會以為她在玩毛線。

——插手或插嘴幫忙應該也不是不行，不過。

她覺得那樣肯定不太好。

自己那麼努力，其他人卻從旁插手，不是很無聊嗎？

插嘴也一樣。有人對自己指指點點，感覺不會好到哪去。

若她主動求救，主動提問——或者失敗了，不知所措。

——嗯，那就可以。

「我剛才也說過，不用著急喔。」

因此她只給了一句建議。不是做法，只是關於心態的建議。

「就算失敗，解開來重織就行。不必擔心。」

「喔、喔……不是一次定勝負啊……」

獸人女侍聞言，表情立刻放鬆，彷彿避開了世界滅亡的危機。

「好險。我還以為失敗就沒救了！」

「有機會挽回是一件好事。」

她真心這麼覺得。真希望凡事都是如此。

世上有太多無法重來的事、無法挽回的事——

「哎呀，兩位在做什麼？」

「哇——妳們在織東西呀！對喔，都到這個季節了。」

在她沉思時，兩人份的輕快聲音傳入耳中。

抬頭一看，是身穿瀟灑制服的櫃檯小姐和監督官。

什麼時候看，牧牛妹都會感到羨慕。她真的很羨慕那纖細的身體線條。

櫃檯小姐大概是把她的視線理解成「妳們怎麼在這裡？」露出溫柔的微笑。

「呵呵呵，我們今天比較晚吃午餐。雖然現在已經是下午茶的時間。」

「啊，那我去跟廚師長點些什麼好了？我剛好想轉換心情。」

獸人女侍找到一個好藉口，抬起頭。

她的耳朵和尾巴豎得高高的，迅速站起來，輕輕將毛線放到桌上。

然後又迅速跑走，那個落差害牧牛妹忍不住笑出來。

——不過。

一面織要送給他的毛衣，一面聊關於這個的話題，實在不太好意思。

牧牛妹想了一下話題，最後決定打安全牌。

「妳們最近過得如何？聽說這陣子挺不平靜的……」

「嗯——說忙是挺忙的。」

櫃檯小姐豎起纖細的手指抵著下巴，邊想邊回答。

她優雅地彎下美腰，以自然的動作入座。監督官也一樣。

每位公會職員的動作都十分俐落，引人注目。

跟那位上森人天生的優雅氣質不同，凡人給人的感覺又不太一樣。

「不過，跟平常一樣。」

「東邊的戰爭好像穩定下來了。混沌勢力橫行霸道也不是一天兩天的事。」

監督官也點頭接著說。

秩序及渾沌的天秤無時無刻不在晃動，從來沒有徹底歪向另外一邊過。

隨時都在發生大大小小的騷動，那就是四方世界的常理。

不對，不如說這樣才正常。

世上的一切都不會發生任何問題——這種事根本無法想像。

牧牛妹覺得，只要自己身邊始終維持同樣的日常，就叫和平。

正因如此，她才會問：「那這邊不會有事囉？」

「嗯，不會被波及到。」

監督官點頭。天秤聖印叮叮噹噹地在她的胸前搖晃。

「聽說有位公主跳出來阻止獨斷專行的宰相。是內亂。」

「公主身邊還跟著一位年輕騎士。」

櫃檯小姐嘆著氣說。幫助公主的騎士，跟童話故事一樣。

在遠方異國發生的英雄傳說。

牧牛妹不經意地想像起來，喃喃說道「好好喔」。

「妳很嚮往？」

櫃檯小姐淘氣地瞇眼望向她。

牧牛妹感覺到自己臉頰發熱，目光游移，低下頭。

「……嗯。有一點。」

最後，她決定乖乖承認。說出口之後，她發現承認這件事也沒那麼難。

「是會嚮往呢……」

櫃檯小姐以手撐頰，再度嘆息。

——果然連貴族家的大小姐，都會嚮往公主和騎士的關係嗎？

雖然牧牛妹完全無法想像貴族千金過著什麼樣的生活。

「我就算了。」

八成同樣是良家子女的監督官則甩著手說。

「不管是騎士還大老爺，我可不想有人二十四小時待在身邊。」

「嗯——妳好冷淡。」

「請說我實際。」

——是這樣嗎……

牧牛妹心想。獨自做想做的事的時間，她也不太能理解。

這樣看來，自己真是遇到了許多貴人。

小時候有雙親，現在有舅舅、他，以及朋友陪在身邊。

「來了，久等囉——!!」

她少數的朋友之一，伴隨快活的聲音啪噠啪噠地跑回來。

神奇的是，她的動作大到手上的托盤差點掉下來，裡面的東西卻沒有灑。

「來！」

獸人女侍將茶杯放到桌上，分給所有人，杯中的飲料——

「這……不是茶吧。」

是非常黏稠的褐色液體，難怪櫃檯小姐會這麼驚訝。

牧牛妹慎重地湊近鼻子聞味道，一股甜味竄入鼻尖。

「好香喔。這是什麼……」

「啊，難道。」

兩人頭上冒出問號，旁邊的監督官雙手一拍。

「是上帝的果實對吧！」

「答對了——！」

獸人女侍用肉球鼓掌，獻上歡呼。

不過，牧牛妹仍然一頭霧水。

「上帝的果實？」她微微歪頭，又問了一句。「是神明的果實還是什麼東西嗎？」

「我也不太清楚。好像叫甘豆餅（Cacao）之類的……」

獸人女侍在空中比手畫腳。

「廚師長大叔說是從南方進來的豆子。像這樣熬過後加入砂糖？」

「與其說豆子，好像更接近種子。聽說這東西在大城市挺流行的，但我也是第一次看見。」

哎唷。監督官好奇地觀察杯中的液體。

——嗯——可是，好吧，的確。

黏稠的感覺有點像麥粥，甘甜的氣味也挺香的。

雖然不知道上帝吃什麼，看起來不是不能食用。

「說到南方，是有很多蜥蜴人（Lizardman）的那一帶對吧。」

櫃檯小姐也仔細凝視那杯暗褐色的——裝在杯子裡，所以推測是——飲料。

「南方有好多神祕的食物喔……」

紅茄子（番茄）、玉蜀黍，牧牛妹今天早上吃的豹芋（馬鈴薯）也是。

馬鈴薯都能種了，其他蔬菜搞不好也能在這邊種——像那隻駱駝。

「哎，機會難得。」牧牛妹點頭拿起杯子。「得喝喝看再說。」

「對吧對吧。我也超期待的！」

那麼。四人互相使了個眼色，同時拿起杯子。

先喝一口。

「——哇。」

好苦。不過，確實有甜味。兩種相反的味道於口中混合。

牧牛妹眨眨眼，又喝了一口。所謂會讓人上癮的味道，就是這種味道嗎？

「嗯……」

櫃檯小姐舔掉沾到嘴角的液體，像在享受紅茶的香氣般閉上眼。

「加番椒（辣椒）進去或許也不錯。辣辣的應該很好喝。」

「這種喝法好像滿普遍的喔？」

監督官也「嗯——」陶醉地品嘗苦甜的滋味，點頭。

「加砂糖是我們這邊的人想到的。感覺可以加很多種東西呢。」

「還可以加牛奶試試看。紅茶也是砂糖跟牛奶都可以加。」

兩人沒有加入對話。

牧牛妹——和紅著臉低下頭的獸人女侍，專注地感受這甜味。

「對了——」

監督官瞄了兩人一眼，露出如貓般的狡黠笑容。

「聽說它還能當成媚藥用喔？」

「唔……!?」

© Noboru Kannatuki

牧牛妹下意識停下手，幸好嘴巴裡的東西沒噴出來。

瞧她發自內心哈哈大笑，監督官未免太壞心了。

「哈哈哈，開玩笑的啦，開玩笑的。」

「唔、唔唔唔……！」

不過，對獸人女侍來說，那似乎不只是開玩笑。

她發出如同野獸低吼的聲音，忽然一口氣站起來。

「我、我心臟跳好快！頭暈暈的……！」

「咦咦……？」

牧牛妹反射性抬頭。

她問她「沒事吧？」獸人女侍卻聽不見的樣子。

她滿臉通紅，眼珠子轉來轉去，一把抓住杯子。

「可是倒掉太可惜了，我去塞給他！」

——跑掉了。

直接跑走的她，目的地是——嗯，用不著多想。

剩下三人面面相覷，然後輕笑出聲。

「她不喜歡嗎？畢竟獸人(Padfoot)對香草沒抵抗力。」

「獸人跟我們味覺似乎差滿多的。」

聽見櫃檯小姐這句話，監督官苦笑著拿起杯子喝了一口。

「之前我也看過一個貓人，喝一口麥酒就醉到把頭塞進水瓶唱歌。」

「啊……這樣以後嘗試新菜色或食物的時候，得多注意這部分。」

牧牛妹決定等等要告訴舅舅，也跟著喝起褐色飲料。

又甜又苦。雖然她完全不打算相信剛才那個媚藥的說法。

等他回來，讓他也喝喝看吧——開玩笑的。

「啊……」

難怪這麼冷。

窗外開始落下白色結晶。

看來冬天已然降臨邊境小鎮。

間章『國王他們的會議的故事』

Goblin Slayer
He does not let anyone roll the dice.

「原來如此，狀況我明白了。」

年輕國王疲憊地把手靠在王座的扶手上，深深嘆息。

他另外有一間辦公室，那裡的椅子也很高級，但王座既豪華又柔軟。

不知為何，就算他主張待在辦公室工作會比較有效率，對方也沒有要放走他的意思。

——唉，他是覺得我會丟下工作嗎？

他瞥向旁邊，站在身旁的紅髮樞機主教嚴厲地呼喚他「陛下」。

國王回答「我知道」，視線落在手中的文件上。

王公貴族也有很多人不識字——只要雇用識字的人即可——不過文字果然很方便。

真想多分一點預算給知識神傳教……不過還是先專注在眼前的工作上吧。

「還以為東方的內亂平定了，結果換成在國內發現邪惡軍事的據點。」

「常有的事。」

「拜其所賜，錢和貨源一直都不夠。」

真的很正常。沒有國家有辦法坐享所有資源。

增稅的話人民會抗議。減稅的話國庫會見底。國庫見底後若不採取對策，又會有人埋怨。

經營國家不存在不需要的領域，可是手牌有限。

只能一張又一張，慢慢打出手牌。

——率領六人團隊（Party）果然輕鬆得多。

紅髮樞機主教大概是察覺到國王的心情，揚起嘴角笑了出來。

「有史以來，沒有缺點的國家只存在於幻想之中。」

「但這不構成我不以它為目標的理由吧？」

事到如今講這個幹麼。國王說道，像獅子一樣聳肩。樞機主教緩緩點頭。

「至少想建立比農民在下田時妄想，更踏實的烏托邦家。」

「沒錯。」

國王差點吐出不知道是第幾口的嘆息，努力克制住。

因為樞機主教對他投以「還不都是因為陛下一天到晚抱怨」的目光。

為了掩飾，他清了下喉嚨，刻意翻開一張羊皮紙。

「戰線看來有維持住。士兵們挺會撐的。注意要暢通補給線。」

國庫沒有太多錢。不過，連必要經費都捨不得花，乃愚蠢的行為。

「我可不想從後面射士兵。」

「是啊。」樞機主教看都不看文件一眼，點頭。「好像還有出現獨特的怪物（Unique Monster）。」

「冒險者大顯身手，將其擊退了嗎？」

看見那行字，國王終於發現值得高興的消息，今天第一次滿足地露出笑容。

「陛下。」

「我還什麼話都沒說…………啊啊，可惡。」

他立刻繃緊神情，原因並非樞機主教的諫言。

待在房間角落的銀髮侍女明明面無表情，卻得意地豎起大拇指給他看。

「……還有內應嗎？難怪他們行動如此流暢。」

國王大致看過在水之都發生事件的報告書，點頭。

「那些傢伙好像想攻進王都。」

「畢竟王都再怎麼說都是國家的中心。」

樞機主教悠閒地應聲。

「只要將王都的地圖和城堡的地形圖弄到手，自然會產生這種輕率的念頭。」

「哼哼。看不起我的那些人，緊要關頭也會嫌我礙事嗎？」

「正因為他們瞧不起你，才會覺得能輕易除掉你吧？」

銀髮侍女低聲說道，語氣不帶任何敬意。

「只要先攻陷王都，之後也比較好主張自己的正當性。」

樞機主教接下來這句話也挺不敬的，年輕國王不屑地哼了聲。

他將信交給樞機主教，他看了一眼，馬上將其扔進暖爐。

銀髮侍女用感覺不到一絲惋惜的語氣揶揄「那張羊皮紙很高級耶，真可惜」。

然而，她的諷刺他也聽多了。樞機主教不以為然地搖頭。

「因為這份報告書又不會自動消失。」

「明明你就算看到我和我雇用的人被抓或被殺，也會裝作跟自己無關。」

「是妳自己決定只要是我的命令都會聽，死了也不會有人幫自己收屍的吧。」

遭到國王的追擊，她輕描淡寫地說「是沒錯——」。

存在可否定人才（Deniable Asset）以這種人生態度為準則。會抱怨的人無法勝任。

認同自己的生命是消耗品的侍女，像小女孩似地歪過頭。

「所以，你打算怎麼做？」

「沒有比在手牌被對手看光的情況下玩的遊戲更無聊的東西。」

紅髮樞機主教似乎已經看穿他的想法。國王點頭附和。

「是啊。對方耍詐，我們沒道理奉陪。邊境的女傑送來的東西，你們看到了嗎？」

「嗯，那個卷軸對吧。」

「真沒想到能在這麼巧的時機送到。」

兩人立刻回答。國王得意地瞇起眼睛。

「『轉移』嗎。哼……該死的混沌，別以為只有你們想拿到地圖。」

「沒想到竟然有人會用那種東西。」

銀髮侍女佩服地說，表情卻半點變化都沒有。

「嚇我一跳。」

「因為世上有許多不為人知的賢者、大魔導士、魔法師、隱者嘛。」

「沒人知道牌堆裡有哪些牌。雖然一堆人自以為對此瞭若指掌。」

國王雙臂環胸，彷彿在瞪視不存在於眼前的率領混沌之人，露出猙獰的笑容。

「哦。」

「既然如此，我們只需要打出那張牌。最優秀的牌、最強大的牌，一氣呵成。」

銀髮少女以侍女不該有的態度，將兩手抱在平坦的胸部前，如同一名老兵開口說道。

「那就必須聲東擊西了。」

「是啊。」

「大軍？少數？」

「少數。人選交給妳處理。」國王馬上回答，緊接著補充：「盡量挑有名的人。」

「瞭解——」

侍女點頭，靜靜走出王座之間。

不對，那是因為他的眼睛多少習慣她的動作了，才有辦法看見。

若非如此，肯定會以為她的身影憑空消失。

「軍隊也派出去。這是場大戰。必須盡量從敵人的根據地多引出一些兵力。」

「遵命。」

他接著下令，樞機主教恭敬地一鞠躬。

這樣就行了吧。誘餌就該用大軍，再派少數精銳攻其要害。

敵人當然應該也預料到了，所以少數精銳也要分散開來進攻。

鬼牌該在關鍵場合打出去，但不讓敵人發現那是鬼牌，才是戰略的巧妙之處。

逐步投入戰力是很愚蠢沒錯，不過那只是因為結果不好才會讓人這樣覺得。

如果是在掌握敵方戰力的情況下一波波派出戰力，反而可以說是一步好棋。

從身穿閃亮鍊甲的勇者改變戰爭(War Game)後，此乃不變的道理。

在不好的棋子後面投入好的棋子是禁忌，誠可謂至理名言。

——這應該可以說是對部下頤指氣使的國王吧。

他忽然想到，心情愉悅。把事情通通丟給家臣處理，簡直跟昏君一樣。

「那麼，主力要找誰呢？」

「這個嘛……」

——希望是優秀的冒險者。絕對要銀以上。

目的是潛入敵方根據地，打倒首腦。因此需要具備攻略迷宮的能力。

既然不能只靠劍術突破重圍，會用魔法也是必須的。

再加上不能被敵人發現，隊員人數得壓在六人以下。

機動性自不用說，考慮到敵人可能留有殺手鐧，必須擁有與各種怪物戰鬥過的經驗。

不只技術及人員，還得備有各種裝備及道具。

也就是說，頭目（Leader）的實力要能率領那種如同流氓集團的冒險者團隊（Party）。

最重要的是，能立刻行動。

「好……！」

「陛下。」

國王緩緩從王座上起身，紅髮樞機主教一副放棄一切的態度呼喚他。

年輕國王當然聽都沒聽進去。

國王最大的優點，就是由自己決定要不要聽從建議。

都為國家安寧絞盡腦汁了，如果還有人說他是只會坐在王座上的無知昏君，那就說吧。

若對方是當過冒險者的小混混，大可接下這一擊。

反正如果叫那種人自己治國，他們八成只會夾著尾巴逃走。

他們只是想滿足自己有腦袋、比別人優秀的膚淺自尊心罷了。

管他的。被國王親手處死是很光榮沒錯，但輸給貧窮騎士家的三男，可是難堪到了極點。

「把近衛騎士團長叫來，還有宮廷魔法師。反正大家應該都很閒。」

「陛下。」

「無須擔憂。」

國王斬釘截鐵地說，露出微笑好讓樞機主教放心。

「你也準備一下，帶上火杖和冰鍊甲，也把其他人找來好了。很久沒大鬧一番囉。」

「……」

紅髮主教嘆出今天第一口氣。

從水之都送來的報告書，似乎成了刺激國王累積已久的怨氣的決定性關鍵。

好了，該怎麼做呢——

「那個……」

這時，同樣從王座之間的角落傳來怯弱的聲音。

端正的站姿。身穿貼身的衣服，配戴輕銀劍——是女商人。

國王「唔」了一聲，當然不是因為她插嘴的關係。

來到這裡後始終沒有開口的她，現在才說出第一句話。

沒有不聽的道理。準備將藏著真空刀刃的寶劍掛在腰上的國王停下手來。

「怎麼了？想說什麼儘管說。」

「可以嗎？」

「就我所知，妳的意見從來沒有不值得參考的時候。」

「……因為我也曾經做過非常愚蠢的事。」

女商人似乎露出了微微的苦笑。雖然她的嘴角只揚起那麼一點弧度。

她的頭低下來一瞬間，然後立刻抬起，直盯著國王。

「那麼，我不客氣了。有件事必須跟陛下報告。」

「什麼事？」

女商人開口。

「我就知道陛下會這麼說，所以已經把人叫來了。」

「陛下——！我來了——！」

© Noboru Kannatuki

房門發出巨響打開，爽朗如春風的聲音颯爽地闖入。

接著傳來兩人份的腳步聲，彷彿在追極度興奮的妹妹。

黑髮少女被兩人念了句，在國王面前繃緊神情。

——鬼牌該在關鍵場合打出去，但不讓敵人發現那是鬼牌……

國王低聲沉吟，思考該說些什麼，然後揚起嘴角，說出終於想到的那句話。

「……這招漂亮。」

「不敢當。」

女商人的笑容流露出一絲驕傲，國王坐到王座上，吁出一口長氣。

第5章 『凡人男戰士又有什麼問題的故事』

Goblin Slayer
He does not let anyone roll the dice.

「嗯……果然黏黏的……」

「吵死了，一直在那邊碎碎念。那妳穿鞋子不就得了!?」

「圃人(Rare)不能穿鞋啦！要是我過世的爺爺知道，可不會只有屁股挨幾頓揍而已。」

啪啪啪，喀喀喀。赤腳及鞋子相反的腳步聲，於下水道內迴盪。

讓人覺得黑暗中的生者氣息僅此而已。

用手杖點亮魔法光芒的紅髮少年，感覺到自己精神愈來愈緊繃。

——毀滅的城市原來會變成這樣……

腐臭味。骯髒的流水漂著穢物。老鼠和蟲都看不見。

少年不知道這座城市毀滅了多久。

不過，還不到一個月。才這點時間就連下水道都——變得如此荒廢。

少年魔法師身體抖了下，祈禱近在身旁的少女不要發現。

他沒有勇氣確認現在自己腳下的東西是不是屍體。

「哇!?我踩到軟軟的東西！軟軟爛爛的……！」

「閉嘴，安靜點……！」

走在旁邊的圃人少女——背著劍的戰士卻不停嚷嚷。

該說她缺乏緊張感，還是膽小粗線條呢。

要說跟這座荒城不相襯的開朗個性，有沒有為他帶來救贖——

紅髮少年實在不想承認，也沒那麼坦率。

自己一個人被扔進這種地方會怎麼樣？想像這種情況並不愉快。

「這種地方比較適合他們來，而不是我們。」

「老鼠和蟲都超大的……還有黏菌。好討厭喔。」

他忍不住抱怨，圃人少女疲憊不堪地呻吟。

世上有許多光憑拿劍亂揮無法應付的敵人。

雖然如果那是潛伏於下水道的怪物，實在很窩囊……

「……我差不多該打信號了，安靜點。」

「知道啦。」她低聲回應，俐落地拔出背上的劍。「請便——」

兩人走到地下水路的盡頭——滿是暗沉黑水的通道底部。

到這邊為止都是凡人(Hume)或礦人(Dwarf)整修過的區域，但前面不同。

藏在岩盤底下的流水，據說通往某處的大河支流。

少年凝視——不如說瞪著那如墨般的水面，舉起點亮光芒的法杖。

然後拿法杖與光當成畫筆，用力揮了兩、三下，彷彿要在空中畫畫。

他以下咒般的動作在虛空中攪拌了一陣子，過沒多久又重複一遍。

目睹這一幕的人，就算不知道內容，也能一眼看出他應該是在打暗號。

與此同時，無論是誰想必都會產生一個疑問。

在荒城的地下深處對無盡的深淵打暗號，又是打給誰看的？

「…………」

「…………」

「……什麼事都沒發生耶？」

「看就知道了吧……！」

少年魔法師大吼著，想轉身就逃。可是逃不掉，所以他不會這麼做。

他緊咬下脣，揮動法杖做了四、五次同樣的動作，拚命送出信號。

仍舊沒有反應——雖然他也不知道自己究竟想看到什麼樣的反應。

「……那個，是不是順序錯了？」

「不會啦。」少年魔法師不耐煩地回答。「就算錯了，對方也會發現。」

「可是……」

圃人少女話沒講完就陷入沉默，嘖了一聲。

什麼事都沒發生的話，與其抱怨，不如靠自己的力量想點辦法。

這點道理連頭腦單純的她都明白，但她完全不覺得自己能幫上什麼忙。

——全是師父的錯！

她粗魯地踢飛腳邊的東西，發洩怒氣。

是一頂老舊腐朽的鐵盔，不曉得為何會漂到這種地方。

從被棄置於此地，直到化為塵埃的命運下得到解放的鐵盔，撞到瓦礫發出響亮的聲音。

鐵盔撲通一聲掉進水裡，產生重重回音，於下水道中迴盪。

「……啊、啊哈哈。」

「妳喔……」

少年魔法師瞪向以為會被罵，縮起身子的少女。

不過，他還沒說話，十分沉重的水聲便覆蓋掉剛才的回音。

兩人繃緊身子，像事先商量過一樣用同樣的動作回頭。

是手。

從盪起波紋的黑色水面底下伸出來的手，抓住通道的邊緣。

然後撐起笨重的身軀。黏度高的水像汙泥似地飛濺。

廉價的鐵盔。骯髒的皮甲。會讓人誤認成活鎧甲(Living Mail)或亡者的模樣。

這樣的冒險者緩緩爬上地面。

「跟情報說的一樣。至少沒有錯。」

那名男子看都不看少年少女一眼，抖動身軀，宛如一隻被雨淋溼的狗。

接著，他面向背後，把手伸進水裡——手臂被用力抓住。

他一把拉上來的，是一名將強壯肉體塞進鎧甲底下，背著大劍的巨漢。

「沒想到你會不相信。這可是委託人提供的情報喔？」

「就算委託人沒說謊，也有可能因為意外事故導致路被封住。」

「是沒錯，但最後沒有。那就沒問題了吧。」

「嗯。」他點頭。「沒問題。」

「問題可多得咧……！」

還有另一個人。人影如鮭魚般躍出水面，連發出的水聲都颯爽無比。

勉強將長槍綁在背上的美男子降落於地面，撩起溼掉的頭髮。

「就算有能在水中呼吸的戒指，我再也不想跳進臭水溝！」

「很有用吧？」

「我不是那個意思。」

「是嗎？」

鐵盔男子——哥布林殺手似乎有點遺憾，點了下頭。

「看來回程得找另一條路。」

「也不是那個意思。搞得像我在耍任性一樣……唉，算了。啊——」

「喔，抱歉，我們這麼吵。」

長槍手搔著頭說，重戰士則一面檢查裝備，一面瞥向少年少女。

愣在原地的兩人被那銳利的視線震懾住，全身僵硬。

不對，說起來，這樣的團體從水中出現，就算膽子不小也會被嚇到吧。

不過，驚恐的心情只維持了一瞬間。

重戰士有如一頭凶猛的熊，走到兩人面前默默蹲下，配合兩人視線的高度。

「按照計畫會合了。你們那邊也順利達成任務了吧？辛苦了。」

粗獷的聲音，柔和的語氣。厚實的手掌往肩上一拍，帶來痛覺及些許的興奮感。

「嗯，還好啦。」

少年魔法師得意地摩擦鼻子，圃人少女也驕傲地挺起豐滿的胸部。

新手冒險者得到銀等級的稱讚。這種事可不常見。意即——

「不覺得這是場難得的冒險嗎？」

搭檔彷彿看穿了他的內心，低聲說道，少年哼了聲代替回應。

他也有同樣的想法——要是被她知道，未免太難為情。

§

又一座都市滅亡。

當然不是小鬼造成的。冒險者講這種話，只會淪為笑柄。

認為哥布林威脅性有如此強大的，要不是無知，就是思慮不周。

總而言之，即使區區小鬼滅不掉一座城市，有那個能耐的怪物在四方世界可是多不勝數。

龍族來襲、巨人的掠奪、闇人（Dark Elf）的陰謀、魔神肆虐，有時這些事件會同時發生。

這在秩序及混沌永無止境的戰鬥中並不罕見。

然而，眾神、為政者、冒險者，都絕對不會對此坐視不理。

查明毀滅那座都市的怪物身分並打倒牠，此乃冒險。

一名、兩名——不，三名不知死活的冒險者，正準備挺身而出。

凡人戰士男（HFO）。凡人戰士男（HFO）。凡人戰士男（HFO）。

其他人一看，要不是失笑就是仰天長嘆的團隊（Party），即將挑戰廢都。

聽說已經有另一個團隊（Party）先去調查。既然如此，應該先跟對方會合，獲取情報。

他們透過使魔聯繫，決定會合地點，那麼，該選在哪裡呢——

不對，說起來，該如何侵入？

單純的偵察也就罷了，潛入敵陣討伐首腦，又是另外一回事。

不過如果把看守和其他人殺光，就不會被看見。

從現實面來看，潛入過程中必須保留戰鬥資源（Resource）。

接受委託的重劍士、二話不說加入的長槍手、被抓來的小鬼殺手。

雖說三人份的知識量能與知識神匹敵，這三個人得出的結論是——

「那麼，從地下水脈進去如何？」

「嗯，這應該是最穩的辦法。注意別讓裝備被沖走啊。」

「不會吧……」

如上。

從河邊潛入水中，在水底步行，好不容易上到地面。

對於身經百戰的冒險者來說早已習慣，三人馬上開始檢查裝備。

讓裝備泡在髒水裡，要是緊急情況時出問題（Fumble）就不好笑了。

「宿命」及「偶然」連眾神都無法左右，但正因為這樣，該準備的時候才要做好準備。

「你真的有水中呼吸的戒指耶……」

「第一個是很久以前認識的人給的。」

以前，西方邊境有位深諳魔法和「轉移」的術士。

經他這麼一說，長槍手也隱約記得有這麼一號人物。

記得是他剛成為冒險者的時候……？

「哦，是喔。」

「不過，很少有機會用在這種事情上。」

長槍手決定不去思考水中呼吸戒指除了用來在水裡呼吸外，還有什麼用途。

反正肯定沒好事。比起想那些東西，磨鎧甲、整理頭髮更重要。

「所以，現在的狀況是？」

「嗯，我在力所能及的範圍內調查過了。」

重戰士和紅髮少年魔法師則在旁邊討論。

他還是一副靠不住的瘦弱模樣，氣勢不錯，但也只有氣勢能看而已。

迅速攤開地圖，傳達收集來的情報的模樣，還挺能幹的。

——是成了哪位斥候的徒弟嗎？

長槍手看著他，微微揚起嘴角。

學習。成長。從新手階段踏出一步。深深感覺到自身的不足，卻十分有趣。

他也有過那樣的時期，拚命努力的時候讓人有點懷念。

可是，看都不看圃人少女一眼，只揮了下手叫她坐下，這可不行。

——太不像樣了。

長槍手笑出來，默默將用油紙包好的水袋扔給她。

「啊，那個……」

少女眨眨大眼，靦腆地低下頭。

「謝謝。」

「別客氣。調整好呼吸，有必要時幫忙揮幾下劍就夠了。」

他甩甩手，回頭檢查裝備，斜眼觀察她。

經過片刻的猶豫，她害羞地喝起水。

雖然不知道圃人的年紀，她還是個孩子。不過只要再長大一些，八成會是個好女人。

——少年，可別慢吞吞的啊。

少年魔法師的視線在少女、重戰士、長槍手身上來回，長槍手以笑容回應。

看他急忙低下視線，努力將注意力集中在說明狀況上，似乎還有很大的成長空間。

「所以現在是怎樣？」

「不要都問別人，你自己也要聽啊……」

重戰士無奈地說，他笑著道歉，抱著長槍加入對話。

他們都不覺得對方有漏聽情報。理所當然。長槍手剛才的問題是建立在這個前提上。

「好像有俘虜。」

哥布林殺手的說明，實在太過簡潔。

粗糙護手底下的手指在莎草紙地圖上移動，逐步攻略。

儘管地圖還有不足之處，以白瓷和黑曜來說，應該算畫得不錯了。

「目前所知有兩個地方。不能放置不管。有人質可是大事。」

「聽說是邪教的儀式。」重戰士簡短補充，少年魔法師噘起嘴說「是活祭」。

哦，長槍手似乎不怎麼關心。這的確是混沌勢力會幹的行為。

「反正放著不管，世界會滅亡吧？」

「或許。」

重戰士聳聳肩。哥布林殺手點頭。

「至少那座城市滅亡了。」

「也就是不能失敗的冒險。因果啊。」

俘虜、活祭、戰俘，總之被抓住的人分散在兩處。

長槍手用長槍的尾端指向地圖，問道「現在位置在這邊嗎」，哥布林殺手點頭。這樣的話。

「順序呢？從離比較近的開始救？」

「不，我們總不能在救完人後帶著所有人殺去找首腦吧。」

暫時被視為團隊頭目的重戰士，摸著下巴沉思。

「又不是屠龍的逸事。關於能藏人的地點，我想聽聽斥候的意見。」

「唔。」

哥布林殺手低聲沉吟。

「有幾個選項……不過得實際看過才能判斷。」

「那就從最近的地方下手。然後維持高度的靈活性——」

「——隨機應變是吧。」長槍手聳肩。「跟平常一樣，走到哪算到哪。」

「冒險就是如此。」

「很痛耶。」

重戰士厚實的手掌往長槍手背上拍下去。他無視他的抗議。

無論如何，作戰會議似乎就到此結束。

少年少女茫然看著三位冒險者熟練地組成隊形。

兩人面面相覷，接著，少年魔法師低聲說出那個疑惑。

「……你們一下就決定了呢。要去……救人質。」

「你以為我們會見死不救？」

「不是那個意思。」

長槍手咧嘴一笑，他急忙搖頭。

好吧，可以理解他的心情。要活著救出活祭和俘虜，相當費事。

「沒道理不救。」

聽見哥布林殺手的咕噥聲，重戰士低聲附和「嗯，是啊」。長槍手也點頭同意。

「我們是自願當冒險者的。不是冒險屋，是冒險者。」

如果只要求賺錢，只要求效率，賺取伙食費求生存，迎接生命的終結，大可當個窮困的農民就好。

不管是農奴、奴隸還是娼婦，只要能走完這一生便足矣。

然而，就是為了追求**除此之外**的某物，他們才會去當冒險者吧。

當然不想遇到危險，也不想死，不過——

「小子，如果你滿腦子只想著效率、對自己有利或不利，那就完蛋囉。」

重戰士露出苦笑，然後像在教育他們般告訴兩位孩子，同時也是在警惕身為頭目的自己。

「會變得全靠力量去評斷夥伴、朋友、敵人、我軍的價值。」

這句話的意思，少年少女八成無法完全理解。

不過，他們肯定知道那很重要。

唔唔。圃人少女發出在苦思的聲音，緩緩歪頭。

「……那根本不能叫做夥伴或朋友了吧？」

「所以，遲早會死。」

重戰士露出神似鯊魚的笑容。

「孤零零地死亡。」

真是個大蠢蛋（Munchkin）。

世上確實存在主張連人質一起殺掉才有效率、才是專家的人，不知道他們誤會了什麼。

但這種人遲早會導致自身的滅亡。

自己可以拋棄其他人，卻不想被人拋棄——未免太過任性。

「只想思考有利不利的話，給我去軍隊。別來冒險。」

「雖然也有人有辦法獨自大顯身手啦。這可不是例外。」

長槍手像在自言自語般，接在重戰士後面說道，語氣中透出一絲他的矜持。

「帥氣地戰鬥、死去，被人寫成詩歌。至少我是為此冒險的。」

拯救人質的理由，如此便足矣。對他們而言就是這樣，對冒險者而言就是這樣。

哥布林殺手什麼都沒說。

他只是沉吟一聲，咕噥道「是啊」。

恐怕只有住在牧場的那位少女，看得出鐵盔底下的表情。

長槍手卻用力捶了下那身骯髒的皮甲，用十分輕浮的語氣說：

「所以，你得好好感謝我和那個森人（Elf）小姐喔？是我們告訴你什麼叫冒險的。」

「……是嗎？」

「是吧。不是嗎？」

「是。」哥布林殺手感慨地點頭。「正是如此。」

重戰士大概是想掩飾自己剛才說的話不符形象，喃喃說道「感覺像在說教」。

這個話題到此結束。

冒險者們擦乾溼掉的裝備，拿出用油紙包好的裝備穿在身上，排好隊伍。

掛在腰間的提燈點著火，微光照亮荒城昏暗的下水道。

之後只要前進，殺敵，奪走財寶即可。破門擄掠（Hack and Slash）正是冒險的精髓。

「你們有辦法自己回去嗎？」

重戰士輕鬆扛起大刀，彷彿在跟要走夜路回家的孩子說話。

——該跟去嗎？不如說，想跟去嗎？

少年魔法師有點煩惱。他非常煩惱自己竟然在為這種事煩惱。

過去的自己肯定會二話不說點頭。剛成為冒險者的自己。那麼，現在呢？

——……不行。

自己的法術剩下幾次？旁邊這位少女的消耗程度如何？敵人的力量？技術呢？

重戰士才剛跟他說過，不要只憑力量、數值、有利不利下判斷。

不過，在那之前——就算跟著他們一起去，至少可以當個肉盾好了。

他可敬謝不敏。更不想看見和自己搭檔的少女為這種事送命。

反正都要硬撐，比起前進，更該選擇回頭。

因此，少年用拔尖的聲音回答「沒問題」。

「那個臭老頭給了我們魔法顏料，用它畫條隧道一下就能回去。」

「但他畫得很爛，時間維持不了太久。」

圃人少女咯咯大笑，少年碎碎念了句「要妳管」，輕戳她的側腹。

手肘碰到的卻是結實的觸感，導致他心情更差了。

「所以，你們幾個！」

他向準備啟程的背影吶喊，將累積於心中的感情全數傾倒而出。

「下次換我們上了，留一點給我們啊！」

沒有回應。

長槍手揚起嘴角，邁步而出；重戰士連頭都沒回，只是抬起一隻手。

唯一停下來開口的，是哥布林殺手。

「殺得了龍嗎？」

他語氣平穩。

少年心不甘情不願地點頭。

「……還不能。」

「是嗎？」

哥布林殺手也點了下頭。然後，他似乎想了一下該說什麼才好。

「我也是。」

「……喔。」

「加油。」

「……嗯。」

三名冒險者消失在下水道深處。

只有掛在腰間的提燈的光芒留到最後，接著同樣被黑暗吞沒。

留下來的少年少女陷入沉默，凝視什麼都看不見的黑暗。

過沒多久，圃人少女喃喃說道。手上拿著長槍手給她的水袋。

「……真的好帥喔。」

「……對啊。」

雖然很不甘心——真的很不甘心——唯有這點，他不得不承認。

§

「最後，沒人知道傭人跑哪去了。」

「哦。」

重戰士在黑暗中隨口應聲。

「我還以為肯定是那傢伙變成鬼把人吃掉，要去驅除他。」

「那是因為你是頭腦簡單的劍士。喂，哥布林殺手，換你了。」

明明在探索毀於怪物之手的廢墟的下水道，一行人卻沒什麼緊張感。

敵人的身分不明，位置及規模不明，有無陷阱不明，連目的都不明。

——不過，這很正常。

警戒是應該的，但動不動就緊張兮兮大聲嚷嚷，可當不了冒險者。

這是長槍手的主張，重戰士——甚至連小鬼殺手都這麼認為。

「我想想。」他在鐵盔底下沉吟。「那麼，我來分享不發出聲音殺死小鬼的八種方法——」

哥布林殺手在長槍手的催促下開口，話說到一半便戛然而止。

下水道骯髒的通道在前方中斷，與寬廣如大河、水流湍急的水路交會。

不，只是這樣的話，擔任斥候的他還不至於停下嘴巴及雙腿。

問題在於，有艘小舟光明正大繫在那裡。

乍看之下沒有可疑之處。只要利用這艘小舟，應該可以順著水流前進到更深處。

由少年魔法師他們調查的地底地圖上，沒有標記這條水路的前方。

然而，從空白處的面積考慮，前方顯然是活祭房。

實在很剛好——因此，結論只有一個。

「有鬼。」

「沒錯。」

「嗯。」

哥布林殺手點頭，慎重走向小舟，迅速檢查。

沒有洞，也沒有木栓之類的東西。沒有被動手腳的跡象，只是普通的船嗎？

「魔法類我看不出來。」

「就叫你把裝備弄得更齊全一點了。」

長槍手奸笑著嘲諷他，叫他等一下，把手伸進自己的袋子裡摸索。

異常的是，那個袋子看起來只有小小一個，長槍手的手卻不斷探向深處。

明顯是魔法道具，拿出來的小手杖亦然。

「這點程度可是銀等級的基本功。給我記住。」

「我會記住。」

哥布林殺手在鐵盔底下斬釘截鐵地斷言。

「因為我不太會去考慮小鬼用魔法陷阱的情況。」

「我不是在講哥布林喔？」

「而且不管怎樣都有次數限制吧。那東西可沒方便到可以這麼依賴它。」

重戰士苦笑著插嘴，長槍手嘖了一聲，輕輕揮動魔法手杖。

「『發光吧（流明）』。」

小杖忽然被淡淡的燐光籠罩，前端描繪出不可思議的軌跡，在空中畫出圖案。

光粉有如蝴蝶等生物的鱗粉，於空中飛揚，翩翩落在船上——

「……什麼事都沒發生。」

「代表沒有任何魔法機關。」

眼前平凡無奇的這艘船依然在隨著水流搖晃。

長槍手很明白魔力偵測杖（Detect Magic）並不完美。

他把手杖扔進袋子裡，颯爽地跳上船。

小船沒有因突如其來的重量搖晃，反映了他的敏捷度之高。

「嗯，不意外。」

接著，重戰士一踩上去，小船就嚴重傾斜。

背上的**大刀**及他的鎧甲，是他憑一身強壯的肌肉才能負擔的裝備。

立足點不穩依然沒有失去平衡，也是拜肌肉所賜。

能以物理手段解決的問題，大多數都能靠肌肉應付。

「嗯。」

最後，哥布林殺手踩上船邊。

他的腳一施力，船身便往旁邊傾斜，但幅度不大。在可以接受的範圍。

他拿起腳邊的船槳，歪過頭。

「誰來划？」

「現在是順流。鬆開繩子放著讓它流不就得了？」

「而且一個人划船太累。人家特地為我們準備的，收下這份心意吧。」

重戰士著手解開綁在繫船柱上的繩子，聳聳肩膀。

「陷阱就是要一腳踏進去，把它踩爛。而且那樣比較有趣。」

「是嗎？」

哥布林殺手點頭。

「也對。」

§

不出所料，是陷阱。

「可惡！」

「哈哈哈哈哈哈！」

長槍手罵道，重戰士哈哈大笑，哥布林殺手默默跳下船。

急流的最深處，船衝進活祭房的瞬間，頭上掉下一張網子。

——不對，是類似網子的東西。

長槍手在落地的同時看見掠過空中的白色黏稠物體，加以更正。

他——哥布林殺手一面滾動，一面將船槳扔出去，套住船槳的不是尋常的網子。

無疑是絲線。

本來應該是用來避免雨水溢出的儲水槽的設施，已經起不了作用。

中央的十字架周圍，刻著對神明不敬的咒文及圖樣。

更重要的是，整個房間都被白色的黏稠物體覆蓋住。

「看來至少不是哥布林。」

哥布林殺手單膝跪地，緩緩起身。聽見這句話，長槍手不禁皺眉。

「看就知道了吧。」

「對啊，這怎麼看都是蜘蛛網。」

重戰士的長靴踩在黏稠的地面上，表情扭曲得如同一隻露出利牙的野獸。

用不著回頭，他們搭乘的小船徹底被白色黏液覆蓋。

推測是從頭上用力扔下來——或是噴下來的。

想逃離這裡只能把絲剝掉，敵人不可能給他們這個時間。

沒錯——敵人。

一名肥胖男子被當成活祭關在這裡。除了連哭泣的力氣都沒有的他以外，還有另一隻生物。

昏暗的地底，天花板一隅，房間角落，屏息潛伏著某種生物。

長槍手不知道氣息這種模糊的東西是否真實存在。

但他身為一名度過無數次危機的戰士，直覺——也就是經驗告訴他。

——牠在。

毫無疑問，千真萬確，那傢伙在那裡。

而其他冒險者似乎也是這麼想的。

「老師……師父跟我提過暗黑的蜘蛛，可是通篇都在吹牛。」

哥布林殺手謹慎地深深彎腰，低聲說道。

「你怎麼看？」

長槍手嗤之以鼻，雙手拿著自豪的長槍指向前。

「有辦法一擊殺掉就是小嘍囉，殺不掉就是強敵囉。」

「比想像中還簡單。」重戰士拿起大刀。「先來個一擊好了。」

話說出口的同時，大刀將發出銳利的咻一聲噴過來的黏液擊落。

斬裂虛空的刀刃發出的低吼，沉重得難以稱之為破空聲。

不過，黏膩的手感在在證明帶有黏性的絲線纏在了大劍上。

「真難搞……！」

重戰士憤怒地罵，但他自己對此並無不滿。

因為職責不同。

「…………！」

身穿骯髒鎧甲的男人靜靜於墓室的暗處狂奔，用力扔出手中的短劍。

若敵人換成小鬼，閃亮的銀光想必會貫穿他的喉嚨，短劍卻發出沉悶的聲響掉在石頭地板上。

然而，哥布林殺手在前一刻望向旁邊，吆喝道：

「要跳了！」

「我知道！」

黑影如彈簧般躍起——長槍手瞄準無路可逃的空中。

——果然是蜘蛛。

彷彿是從惡夢中取出來，又捏又拉塑造而成的異形蜘蛛。

儘管只有這種叫法，叫這東西蜘蛛，全世界的蜘蛛都會生氣吧。

一步、兩步、三步，長槍手邊想邊拉近距離——

「……噢！」

——準備刺出長槍的瞬間，填滿視線範圍的黏絲網令他嘖了一聲。

他的手迅速移動到槍柄底部，像風車似地甩動槍尖，擊出一個大旋風。

他用槍尖將纏在上面的蛛絲扔到墓室角落時，大蜘蛛再度躲進黑暗深處。

「看來，」哥布林殺手語氣尖銳。「是強敵。」

「該死。」

長槍手瞪著蜘蛛消失的方向唾罵。

不曉得是針對眾神，針對敵人，還是針對自己。應該不會是在罵夥伴。

他瞪著墓室角落，黑暗深處，卻看不見任何東西，半點聲音都沒有。

但他強烈感覺到氣息、瘴氣、妖氣——如果那種東西真的存在。

就算沒有好了，期待那隻怪物剛好在這時逃跑，只是白費工夫。

哥布林殺手拿著圓盾蹲低身子，拔出劍，似乎也深有同感。

「怎麼做。」他的問題簡短直接。「點火嗎？」

「是可以，不過……」

重戰士甩掉大刀上的蛛絲，低聲沉吟，瞄了十字架上的男人一眼。

「有可能連人質都燒死。我可不希望發生這種事。」

「我看用個法術吧？」

「不。」

長槍手的建議也被重戰士短短一個字駁回。

他們都不想在這種有混沌眷屬出沒的地方，這麼快就用掉法術。

三名戰士沒有從敵人的影子——字面上的意思——上移開視線，迅速討論起來。

「需要一點時間。能拜託你嗎？」

「頭目是你。」哥布林殺手點頭。「我試試看。」

「沒辦法……」

長槍手抱怨歸抱怨，卻沒有反對，既然如此，剩下只需要採取行動。

可是，不能寄望凡人戰士能看清黑暗深處，或是尋找躲起來的敵人。

前進、攻擊、阻擋敵人、殺敵，才是戰士的本分、戰士的本願吧。

長槍手和哥布林殺手沒有跟對方傳達任何訊息，在分秒不差的時機飛奔而出。

迅如飛箭——妖精弓手聽見這個形容詞，八成會笑出來，但兩人的動作確實俐落又快速。

「……！」

這次帶頭的依然是哥布林殺手。

他在雜物袋中摸索，抓出裝備，由下往上將其用力擲出。

墓室角落，潛伏在暗處的大蜘蛛也彎曲八隻腳跳起來——

「————！？！？！？！？」

牠發出不成聲的尖銳哀號，響徹四周。

緊接著，碎石發出響亮的啪一聲裂開，紅黑色粉末揚起。

異形蜘蛛自然不會知道——那是混合香料及薄荷的除蟲劑。

但混沌的蟲子不可能被這點小手段擊倒，蜘蛛跳向空中。

「喝、啊!!」

這時，輪到長槍手引以為傲的長槍出馬。

槍柄連同大蜘蛛噴出來當成盾牌用的黏液，一同往牠身上砸下去。

附帶離心力及重量的一擊，是合戰時的基本槍法。

純粹的物理性衝擊轟飛蜘蛛柔軟的身體，撞在石壁上。

當然，這不足以造成決定性的傷害(Damage)。

蜘蛛宛如彈跳的球或跳到地上的貓，扭動身體降落於地面。

牠用沾滿毒液的牙齒咬斷纏在身上的蛛絲，發出嘶嘶嘶的叫聲。

長槍手不知道怪物說的話有沒有意義，但他大概猜得到是「殺了你們」或「休想活著回去」。

「那是我要說的。」

喀嚓。

巨樹折斷的聲音響起，重戰士咧嘴笑著起身。

雙手裝備散發魔力光芒的護手，以及——扯掉蛛絲的船。

「看招……!!」

不管是要吐絲還是要跳開，蜘蛛已經沒有手段防禦單純的暴力。

下一刻，蜘蛛的身影消失在重戰士扔出去的船下，如同被石頭砸爛的蟲子。

黃綠色黏液伴隨噁心的啪嘰聲往四周飛濺。

大蜘蛛留在這個世界上的，只有從船底下露出，仍在抽搐的八隻腳。

「大功告成。」

重戰士脫下擁有怪力亂神之力的食人鬼(Ogre)的護手，得意洋洋。

這種程度的魔法裝備，對銀等級冒險者來說果然是基本功吧。

長槍手卻悶悶不樂，頂著一張臭臉望向重戰士。

「你太亂來了。要是船底開了個洞，我們怎麼回去？」

「邊划船邊撈水不就得了。」重戰士輕描淡寫地說。「或是再潛水游回去。」

「饒了我吧……」

哥布林殺手無視疲憊的長槍手，大剌剌地走向十字架。

綁在上面的男人無力地癱在那，全身浮腫。

不過看他還有微弱的呼吸，似乎並沒有死。

這樣的話，得先解開他的拘束詢問事情緣由。

哥布林殺手蹲在十字架後面，用自製的小道具動手開鎖。

重戰士回頭看著他，脫口而出的不是疑問，而是確認。

「怎麼樣？打得開嗎？」

「沒問題。」

「害我們花那麼多時間。得問清楚情況才行。」

長槍手踏著輕盈的步伐繞到十字架——也就是男子前面。

他觀察男人的臉，雙眼無神，嘴巴半開。

還活著，但也只是沒死而已。他真的有辦法說話嗎？

「我看問話前得先幫他治療。跟櫃檯小姐買來的活力藥水(Stamina Potion)——」

該給他喝嗎？

話說出口的前一刻，男人的身體像氣球般膨脹。

「啊——？」

然後，爆炸。

男子的肉體膨脹到極限，砰一聲炸開，噴出紅黑色液體。

鮮血、腦漿、內臟——不，這樣還算好了。

至少噴到長槍手和墓室中的肉塊，不會抽搐蠕動。

那東西蠢動著爬在地上掙扎，明確地憑藉自身的意志逼近三名冒險者。

「——搞什麼鬼，是黏菌(Slime)喔!?」

從正面被噴了一身的長槍手，將黏在臉上的怪物砸向地面，用力踩爛。

要是黏菌就這樣鑽進氣管窒息而亡，未免太難堪了。

男子大概是已經被獻祭了，不然就是惡劣的陷阱，抑或兩者皆是。

「被算計了。哎呀，想出這招的人要不是天才，就是單純的白痴。」

看見被黏菌包圍，不耐煩地揮動長槍的長槍手，重戰士放聲大笑。

不曉得該不該說幸運，由於有十字架擋住的關係，後方幾乎完全沒有黏菌。

被害的只有長槍手，因此被黏菌包圍的也只有他一人。

「加油。我得先把船移回水邊，否則會被黏菌融掉。」

「這不是該笑著說的話吧!?」

「唔。」

長槍手邊罵邊揮舞長槍，熟練地趕走黏菌。

哥布林殺手則在一旁看著他奮鬥，歪過頭，一副打從心裡無法理解的模樣。

「對了，你為何沒先用那把杖檢查過就靠近?」

「我不是說過嗎?那不是萬能的。不小心就會忘記用。」

「該死!」

§

小船啪唰一聲再度回到水面，沒有破洞也沒有融化，順利駛向前方。

荒城的空氣混濁，不過濺起水花順著急流前行的感覺，舒服得難以言喻。

重戰士自然而然靠到船邊休息，悠哉地伸長雙腿，放鬆身體。

但他的大刀從不離身，以便隨時都能握住，果真有兩把刷子——不對，這很正常。

身為熟練的冒險者，這是該做的準備，從這個角度上來說，哥布林殺手亦然。

他也讓小船順流前進，坐在地上。雖然因為鐵盔的關係，看不出他的表情。

唯一焦躁地用布擦拭頭髮的，當然是長槍手。

「真是，有夠慘……」

「是嗎？」

他憤怒地抱怨，哥布林殺手認真點頭。

「我倒覺得沒什麼問題。」

「你跟我標準不同。」

「是嗎？」

聽見那隨便——本人應該很正經就是了——的回應，長槍手嘖了聲。

是嗎？是嗎？是啊。是這樣嗎？

——難怪森人(Elf)小姐動不動就生氣。

一天到晚聽他說話，連自己的表達能力都會下降。

「那不重要，要有人盯著船前進的方向喔。」

長槍手像放棄掙扎似地嘆了口氣，也抱住自己的長槍坐到地上。

俗話說船板底下是地獄，不過再怎麼樣都得過一段時間才會沉船吧。

只要有六秒的時間，即使要開戰也能走一步棋。搞不好兩秒就夠了。

「我可不希望船長和船員通通在注意蠟燭的期間，船直接翻覆。」

「有股不祥的預感(I have a bad feeling about this)。」

「別講這種話。」

重戰士插嘴說道，長槍手皺眉瞪向看不見盡頭的水路前方。

「離下一個活祭房有多遠？」

「不會太久。」

哥布林殺手的回答簡潔有力。

冒險者當然也有分專精領域，不是每個人都適合當製圖人（Mapper）。

在這方面，連長槍手都不得不承認這男人腦袋裡裝著指南針或六分儀。

「沒出問題的話。」

「冒險者不就是來解決問題的嗎？」

——不過，這句多餘的話真讓人不爽。

長槍手不悅地回答，看著自己呼出的氣息化為白煙，感慨地嘟囔道：

「我還想說怎麼這麼冷，原來快冬天了。時間過得真快。」

「圍著爐火，喝酒吃大餐。真想度過平凡的耶魯節啊。」

「結果我們現在在下水道爬。」

鐵盔底下傳出平靜的聲音。看來該回敬他幾句了。

長槍手對看不出表情的哥布林殺手，露出壞心眼的笑容。

「你給我想一下要送什麼給人家啊。聽說你曾經送她一整袋金幣？」

「不。」

他緩緩搖頭。

「之前，我送了龍鱗。」

龍嗎？長槍手不禁失笑。這個小鬼狂到底多幸運啊。

「反正是假貨吧？你花多少錢買的？」

「撿到的。」他說。「還有，那是真的。」

哥布林殺手語氣相當果斷，特別強調。

——真難得。

看在這麼難得的份上，長槍手決定放他一馬，瞄準下一個目標。

「你呢？」

「叫我買禮物給小鬼們嗎？」

重戰士傻眼地聳肩，然而對長槍手來說，他的反應才令人傻眼。

「女人啦。」

「那傢伙有酒喝就夠了吧。」

真是的，這人就是這樣。他板著一張臉，所以也不知道他有多認真。

長槍手誇張地——或者說刻意地——頭大大歪向另一邊。

「啊——沒骨氣的傢伙。你是想等自己當上國王再說喔？」

「想待在公主身邊，至少得是個騎士吧……」

「她那樣能叫公主嗎？」

「我也有同感。」

重戰士感慨地嘆息，然後對長槍手投以銳利的目光。

「那你又如何？」

「當然是要送櫃檯小姐囉。可是萬一被當成是在賄賂，反而會給她添麻煩。」

長槍手信心十足地回應，後半句話卻轉為苦笑。

若兩人的身分是貴族家的大小姐和一介冒險者就好了，但他們之間隔著公會職員和冒險者這層身分。

金銀財寶和大餐，要是不小心被奇怪的人盯上，可能會害那個人惹麻煩上身。

當然給點好處圖個方便、贈送謝禮，其實也沒錯。

在這方面，官員或貴族社會的小規矩相當複雜，長槍手總是費盡苦心。

「我不是指那個。」重戰士皺眉。「是送給團隊(Party)的啦。你應該受過她許多照顧吧。」

「嗯，喔。對啊……」

長槍手搔搔頭。他當然不是沒想到她，但這又是另一個煩惱。

「金銀還是寶石都好，要挑個厲害的禮物喔。邊境最強。」

「說什麼蠢話。」長槍手笑道。「雖然沒道理不花錢，這也不是能用金錢衡量的東西。」

而是想送那個人特定的禮物，而手段是金錢罷了。

不是只要有一顆真心就足夠，但也不是單純送昂貴的珠寶飾品就行。

「而且，我說啊，寶箱裡不是一堆寶石之類的東西嗎？她不需要吧？」

「哎，是沒錯……」

新手也就算了，這正是冒險者等級提升後會出現的煩惱。

畢竟熟練的冒險者對於金銀財寶早就司空見慣。

只要接一、兩個剿滅怪物的委託，就能得到放滿整個長櫃的財物。

這是人民所想的**終點**。但對眾多冒險者來說並非如此。

賺來的大量財寶會有一大部分投注於準備下一場冒險上，剩下的則不知道該如何處理。

因為沒有人會只因為想輕鬆賺錢而成為冒險者。

「……唔。」

長槍手望向沉吟聲的來源，哥布林殺手的鐵盔對著他。

「我是不是也該送大家什麼。」

「感謝他們平日的照顧。」重戰士回答。不是疑問，而是確認。「對吧？」

「對。」

哥布林殺手果斷肯定。然後緩緩起身。

「不過，得先突破下一間墓室才行。」

重戰士應了聲，利用竿子——十英尺的棒子——讓船與通道接舷。

小船發出沉悶的聲響搖晃，長槍手輕盈地從船上跳到地面。

「那麼，接下來會出現什麼東西？」

§

「不是哥布林。」

面對身經百戰的冒險者，一般的怪物群根本不足為懼。

戰鬥在他們閒聊著「以為是雪山，走近一看竟然是巨大的白色黏菌」的過程中結束。

當然，這段期間長槍手依舊愁眉苦臉的。

「好吧，小鬼跟這種陰謀、冒險扯上關係，也只會讓人頭痛。」

重戰士用力踩在散落於腳邊的不明生物的屍體上。

若專業魔法師或神官在場，應該能查明這些是什麼怪物，不過——

——只要知道殺不殺得掉，是什麼怪物也不重要了。

不成問題——賢者（Sage）聽了大概會想罵人。

無論如何，死掉的怪物是好怪物。沒必要放在心上。

「還活著的人比較重要。」

「嗯，我去調查。」

哥布林殺手聽從重戰士的指示，踏著大剌剌的步伐走向十字架。

長槍手看都不看他一眼，在袋子裡摸索，拿出法杖輕輕隨手揮動。

「『發光吧（流明）』。」

接獲命令（Command Word）啟動的咒具，在周圍灑下一片淡淡的燐光。

下一刻，十字架開始發出光芒，彷彿有無數根蠟燭點燃，照亮整間墓室。

「……喂，這魔力反應很驚人耶。」

「畢竟這裡辦過魔法儀式。活祭沒散發魔力才奇怪。」

「原來如此，果然不是萬能。」

聽見哥布林殺手誠實的感想，另外兩人表示「抱歉啦！」「囉嗦」。

到頭來，還是得自己檢查魔法陷阱，因此哥布林殺手乖乖著手卸除拘束器。

活祭遍體鱗傷，精神受到重創，全身無力——不過，還活著。

既然如此，哥布林殺手自然不會猶豫，俐落地操作探針。

有如暗影的淡藍色肌膚，柔順的銀髮，豐滿的身軀，以及一對長耳。

闇人女性未必都身材豐滿，不過至少很多人有那個印象。

或許是古老的敘事詩引發的傳聞，實際情況如何他也不知道。

然而連哥布林殺手看了，都會覺得「原來如此，確實是女性闇人」。

「嗨，小姐，妳還活著嗎？能說話當然最好，不過妳光是活著就夠了。」

長槍手將周圍交給重戰士戒備，同樣踏著果斷的腳步走到旁邊。

單膝跪地，接住重獲自由的少女的動作，儼然是一名勇士。

「可以的話希望妳不要自爆。」

「自爆……？」闇人少女呼吸微弱，但還是有回應。「我聽不懂你在說什麼。」

「我也不懂。那就好。」

長槍手為闇人少女披上外套，讓她休息的期間，哥布林殺手瞪向周圍。

重戰士隨手扔出活力藥水，長槍手溫柔地將藥水餵給她喝。

藥水是珍貴的資源(Resource)沒錯，但他們似乎不覺得這叫浪費。

她喝下一、兩口藥水，輕咳幾聲，微微睜開雙眼。

「凡人戰士、凡人戰士和……凡人戰士？你們來做什麼的？」

「冒險。」

哥布林殺手簡單卻乾脆地斷言。

闇人少女聞言，錯愕地眨眨眼，嘴角揚起嘲諷的笑容。

「唉，冒險者啊。真是服了你們……」

「那小姐，有沒有什麼情報可以提供給我們啊？」

長槍手接下來這句話，好像讓她挺愉快的。

也可能是拜活力藥水所賜，她用像在勸導頑童——即使只是虛張聲勢——的語氣回答：

「我的年紀恐怕是你的十倍或百倍喔，小鬼。」

「就算這樣，每位女性對我來說都是美麗的小姐。」

長槍手仍然沒有猶豫。

假設她的臉被燒得毀容，這名年輕戰士大概還是會面不改色地斷言。

真是的。闇人女子發自內心嘆氣，臉上浮現微笑。

「沒什麼大不了。你們也隱約察覺到了吧？」

「八成是要復活或召喚邪神、魔神之流。」

「世界危機，世界終結。跟平常一樣。」

「至少不是哥布林。」

長槍手聳肩，重戰士點頭，哥布林殺手下達結論。

闇人嘆出跟剛才那口氣意義不同的另一口氣，懷疑地瞥了他們一眼後，搖搖頭。

「嗯，沒錯。他們說要讓我嘗嘗痛苦的滋味，沒有一口氣殺了我。」

而她肯定親身體驗過了。

她的身上有好幾道傷痕，連在昏暗的墓室中都看得一清二楚。

「不曉得他們是想成神，還是想召喚神，就把我拿來當活祭。」

長槍手當然毫不關心地「哦」了聲，環視眾人詢問：

「要怎麼做？她說是召喚邪神的儀式耶。」

「衝進去，殺光敵人，回家。很簡單。」

重戰士甩手表示自己對內幕沒興趣。三個人關心的都是同一件事。

「無論如何，問題在於敵方的戰力。」

哥布林殺手在鐵盔底下低聲沉吟，望向闇人女性。

「知道什麼嗎？就算只有一點也好，需要情報。」

「這裡的指揮官是異界的怪物。恐怖的惡鬼。好像還藏著一手。不過──」

闇人女性閉上嘴巴，一副欲言又止的模樣，接著萬分愧疚地自嘲道：

「如你們所見，除此之外的地方都守備薄弱。包含我在內──這個地方僅僅是誘餌。」

三名冒險者疑惑地面面相覷。

「**什麼嘛，就這點小事。**」

闇人女性這次真的誠心感到驚訝。

可是對冒險者而言，沒什麼好驚訝的。

因為這很正常。

「看來她好像把我們當成主要戰力。」

「那還真榮幸。」

重戰士板起粗獷的臉孔，長槍手則面露喜色，聳了下肩膀。

哥布林殺手一語不發，肯定是覺得無須多言。

三名男性早就知道自己不是勇者，並且對此毫不介意。

又不是說非勇者就無法生存，人生就沒有意義。

雖然很多人想站到天秤的另一側，認為勇者才是無價值的存在。

那種站在無名戰士——包含他們在內——的最前方的人，方為勇者。

因此勇者才如此可貴。

為此成為誘餌，到底有什麼好不滿？

「……混沌想把一切都抹上同一個顏色。秩序想用各種顏色畫圖。」

闇人女子以優美的語氣哼著歌，彷彿在仰望地下的星空。

美麗的音色彷彿是自然誕生的，有別於上森人(High Elf)的典雅。

「從這個角度來看，混沌及秩序的稱呼搞不好該調換過來。」

「文字遊戲罷了。」

哥布林殺手一口否定女子開的玩笑。

「就算名字調換，其意義和我……」

他閉上嘴巴，將還沒說完的話吞回口中，緩緩改口。

「……我們該做的事也不會改變。」

「很多人不明白這一點……害我愈來愈討厭配合他們。」

闇人女子咕噥道，微微瞇起眼睛，然後低聲呢喃「我決定自由地活著」。

「前提是你們願意活著放我回去。」

「沒道理殺掉不惜用活力藥水救回來的俘虜吧。」

「何況是個美女。」

重戰士聳肩，長槍手理所當然地補充一句。哥布林殺手保持沉默。

對闇人女子來說足夠了。

——陰謀毀在什麼都沒想就殺進來的冒險者手中，不知道該同情還是該嘲笑他們。

闇人搖搖晃晃地起身，將披在身上的外套扔向空中。

「賜予冒險者幸運——雖說是我給的祝福，有總比沒有好吧？」

她輕聲在長槍手耳邊呢喃。

全裸的身軀融進黑暗，消失不見，彷彿一開始就不存在。

外套落地後，眼前只剩漆黑的下水道，連影子都沒留下。

「幕後黑手是怪物。敵人還留有一張王牌。」

重戰士撿起掉在地上的外套，把不留半點溫度的外套遞給長槍手。

「……好了，哪些是正確的情報呢。」

「美女說的通通是事實。」

長槍手接過外套仔細疊好，收進魔法包裡。

外套被闇人的血及她身上的穢物弄髒，長槍手卻並未放在心上。

能幫到好女人，這件外套也很滿足吧。

「就算她騙人，我們也沒辦法確認。」

哥布林殺手回答。聽見他沉吟一聲，長槍手質問道：

「怎麼？有意見？」

「不。」

鐵盔緩緩左右搖晃。

「我想了讓俘虜躲藏的地點及手段，結果用不到了。」

長槍手聞言，捧腹大笑。

任何迷宮、任何冒險都存在終點。

有的是在城塞最深處等待冒險者的大魔導士，有的是君臨於高塔最上層的鬥神。

不管是長是短，只要冒險是冒險，都絕對存在終點。

即所謂的最後關頭（Climax）。

「「「「來得好，凡人（Mortal）們啊。」」」」

而這次的冒險——那傢伙就是牠。

令人懷疑自己的腦袋是否正常的異形，怎麼看都是從惡夢中湧出來的。

一言以蔽之，是眼球。

無數眼球糾纏、混合、聚集成一塊的異形肉塊。

那東西卻擁有意志，觸手像視神經一樣展開，搖晃前端的眼睛。

特別巨大的那顆眼睛，無時無刻都在朝四面八方抽搐，下方形似裂縫的嘴巴發出噁心的笑聲。

產生重重回音的聲音，絕對不是透過物質傳達的聲音。

那隻異形無疑是直接讓牠駭人的意志，爬進他們的腦袋。

「威脅度差不多十四？」

「不，那是在巢穴遇到的情況。在這邊的話，我看十三左右。」

「以前殺過，相當費事。」

「因為不是哥布林吧？」

「或許。」

三名冒險者面對那隻連講出名字都是禁忌的惡鬼，卻泰然自若。

雖然牠君臨於天花板挑高的墓室，浮在用紅黑色血液畫成的魔法陣上——

——怪物就是怪物。

會流血、有實體(Data)，就殺得掉。豈有殺不掉的道理。

那對重戰士來說是不容質疑的事實，至今從未失誤過。

他雙手握緊**大刀**，雙腿穩穩踩在石地板上，肌肉施力。

長槍手在旁邊舉起引以為傲的長槍轉了圈，槍尖直指怪物。

哥布林殺手拔出不長不短的長劍，舉起小圓盾，深深蹲低。

他們的姿勢，從在第一次的冒險中跟小鬼戰鬥過的那時候開始，就沒有改變過。

「「「一群蠢貨。連話都聽不懂嗎？」」」

「不想死就該閉上嘴巴。」

重戰士咧嘴露出鯊魚般笑容的瞬間，戰鬥揭開序幕。

三人蹬地飛奔而出，散開來同時從三個方向衝近敵影。

若敵人是魔法師，這種行動方式就是鐵則。有堅固的肉盾也就算了，他們可不想被火球一網打盡。

當然，牠不可能是光憑這種程度的戰術即可攻略的弱敵。

「「「BEEEEHHHOOOOOOOOOLLLLL！！！」」」

於觸手前端蠢動的眼球不斷眨眼，射出刺眼的閃光。

白線塗滿墓室的空間，有如用沾了白色顏料的筆抹過一幅畫。

被詭異光線掃過的墓室石地板化為塵土，或是咕嘟咕嘟地沸騰、融化。

分解光線(Disintegrate)、怪力光線(Death Ray)，接著又一道分解光線(Disintegrate)。

面對致死的三道光線，冒險者半點聲音都沒發出。

有人靠身上的鎧甲，有人靠敏捷的動作，有人靠在地上滾動來迴避。

然後，他們拿起各自的武器，一口氣再度散開。

「牠想殺人喔!?」

「就是吧……」

「無妨。我們也一樣。」

© Noboru Kannatuki

長槍手破口大罵，重戰士隨口附和，哥布林殺手結束話題。

事到如今，是誰的武器命中已經不重要了。

重點是大眼珠怪物的幾根觸角被砍飛，掉在地上蠕動。

當然沒造成多大的傷害（Damage）。

對於扭著接近無限的觸手與眼球的怪物來說，頂多只算得上幾根頭髮。

不過接近無限，代表絕對不是無限。

「算了，遲早會死。」

重戰士說的話果然是事實——而這對冒險者而言也一樣。

射出好幾道光線，命中敵人，這樣就一定殺得死。沒人活得下來。

可是，對於從異界現身的混沌眷屬來說，單純只是在浪費時間。

打個比方，類似工作前發現桌上有髒汙，卻怎麼樣都擦不掉的程度。

不想擱置工作只為了擦掉汙垢，可是放著它在那裡又很礙眼。

「「既然如此，你們就去跟那傢伙玩吧。」」

因此，混沌眷屬果斷打出手上的棋子。

轟。撼動大地的巨響——不，是腳步聲——自黑暗深處傳來，響徹四方。

兩次、三次、四次。間隔規律的腳步聲，過沒多久現出了蹤跡。

「死靈騎士（Durahan）嗎？」

「不，有點不一樣……」

原來如此，乍看之下確實是死靈騎士。

畢竟沒有頭。身穿鎧甲，手拿長劍，看似騎士。

擁有比重戰士壯一個等級的巨大身軀，手拿人類無法使用的武器。

然而，上面沾滿分不出是鮮血還是鐵鏽的紅黑色汙垢，如今根本看不出原形。

只有從鎧甲底下隱約露出的混濁藍色，象徵著過去輝煌的榮光。

繡著Ω圖案，等同於破布的旗幟，也已經看不出他騎士的來歷。

可是——不對。

他跟各式各樣的死靈騎士可不能相提並論。

在遠古時期，神代的——壯闊至極的戰場上活躍過的高貴戰士的末路。

他手中的刀刃，究竟屠殺了幾十、幾百隻的混沌呢？

他的名字，在繁星的縫隙間流傳了多久呢？

然而，一切全都化為傳說、神話，遭到褻瀆、遭到玷汙？

事到如今————僅僅是混沌的尖兵（Chaos Marine）。

「那就是所謂的王牌嗎？」

重戰士彷彿在說「現在有趣囉」，愉悅地說道。

「目標是那顆大眼球。」哥布林殺手咕噥道。「除了光線，應該都有辦法應付。」

「真是，有夠麻煩……」

長槍手板著臉拿掉護手，戴上戒指。

繁星降落的戒指閃耀光輝，會賦予持有者優異的敏捷度，以及閃避的力量。

平常他之所以沒戴這個戒指，是因為會用其他魔法道具。

除非有必要在千鈞一髮之際閃躲攻擊，有時候用其他裝備會比較好。

「深有同感。」

哥布林殺手點頭回答，同樣從雜物袋裡拿出藥水瓶。

提高敏捷度的祕藥。屬於昂貴的藥水，但他本來就不是會捨不得花錢買消耗品的人。

他拔掉塞子，把藥水從鐵盔的縫隙間塞進去，灌了一、兩口，將瓶子扔在地上砸碎。

聽說這藥水的持續時間極短，他才帶過來嘗試。

小鬼一搶到就會立刻喝掉，所以不會造成致命的問題，這一點很好。

「你打算怎麼做。」

「一兩發死不了人的。『忍耐』。」

重戰士不屑地瞥了眼冒著白煙的鎧甲，斷言道。

事實上，他剛才被一整道光線直擊，卻依然鎮定。

有人將凡人戰士視為沒有其他才能的存在的代名詞，那是因為他們太過無知。

想用正攻法殺死體力(Toughness)高的強壯戰士，極為困難。

揍幾拳都不會死的人，毫不間斷地發動攻擊。

光是這樣，在戰場上會是多大的威脅啊。

「「擁有永恆的生命，並不代表可以浪費時間。速速燒盡那群人的性命。」」

在主人的命令下，混沌尖兵舉起手上的異形刀刃。

鋸齒狀的劍立刻發出異常尖銳的轟鳴聲。

刀刃旋轉。低吼。無疑是出自古代名將之手的魔劍。攪碎敵人的肉——可怕的劍。

面對因那座「死之迷宮」而出名的武器，長槍手一笑置之。

「那是我要說的。」

雙方再度激烈衝突。

三位冒險者一句話都沒說，配合對方開始行動。

混沌尖兵正面迎敵，一陣光芒雨落在戰場上。

身在正中央的長槍手，輕輕碰觸他的耳環。

當然，他很清楚那隻眼球怪物擁有封印法術的眼睛，因此他使用的法術是這個。

「『阿爾馬（武器）……瑪格那（魔法）……歐菲羅（賦予）』！」

長槍手的魔槍如同一道閃電，從正在蒸發的石頭地冒出的煙霧縫隙間穿過，貫穿鎧甲。

抹上滿滿一層蜜蠟的槍身，帶有不可思議的光芒，變得更加銳利。

可是，就算有那把武器，想貫穿混沌尖兵的裝甲（AC）還是差了那麼一點。

「嘖，好硬!!」

「別管它，繼續打！」

至於他——不曉得中了幾道熱線。

重戰士的**大刀**冒著煙，依然若無其事地接近敵人，像釘釘子一樣敲下去。

但連這一刀都無法撼動沉重如鐵塊的混沌尖兵。

巨大身軀被衝擊震得在地板滑了一下，揮下發出嗡鳴聲的劍。

「——噢……!?」

重戰士勉強用大刀接下那銳利的一擊。

當然是因為對象是重戰士才勉強接得住。換成一般人，早就直接被砍成兩半。

長槍手從火花四濺的劍戟間往後跳，穿鎧甲的身影上前補位。

「撐住。」

「太強人所難了吧……！」

重戰士嘴上這麼說，還是回應了哥布林殺手，拿出渾身解數對抗無頭騎士。

向前推的刀刃與旋轉的魔劍交鋒，發出刺耳的噪音，卻完全沒有斷掉的跡象。

「這把劍……可不便宜啊……!!」

「真的。」

因此，哥布林殺手才有辦法仔細瞄準目標。

他像影子一樣於墓室中滑行，把單手劍放到地上，一個動作將那把武器拔出。

那是難以想像，形狀異常駭人的可怕飛刀。

哥布林殺手一面飛奔，一面由下往上擲出飛刀，刀刃低吼著劃過空中，描繪出巨大弧線。

然後在下一刻咬碎騎士裝甲縫隙處的手腕。

跟平常用的劍價格不同。

「————!」

不曉得這算不算慘叫。無頭騎士的劍伴隨金屬摩擦的尖銳聲音，連同手腕一起飛到空中。

「好，得手了!!」

長槍手不會放過這一瞬間的破綻。

他迅速將長槍拿到手邊，握住槍尖處，於極近距離使出怒濤般的攻擊。

目標是混沌尖兵那失去整隻手掌的手臂。

刺進碎石山的觸感傳來，槍尖毫不留情地挖開傷口——不僅如此。

「『沙吉塔（箭）……凱爾塔（必中）……拉迪烏斯（射出）』!!」

不斷從槍尖射出的，是最為基礎的攻擊法術，「力箭（Magic Missile）」之雨。

射不穿裝甲的必中之箭於鎧甲內側肆虐，砍碎混沌眷屬的肉體。

「————!?!?」

混沌尖兵像壞掉的人偶似地動了三下，抽搐著，最後停止動作。

拔出長槍，掉在地上的是鐵絲和刻著圖紋的綠色石板。

——這樣看來，是巨石兵之類的怪物嗎？

雖然巨石兵跟這名身穿大鎧的遠古戰士根本不能比——

「「「骨董終究派不上用場啊。」」」

會為那超自然的聲音感到些許焦躁，是因為凡人理解力不足嗎？

覆蓋空間的怪力光線再度降下，長槍手在攻擊即將命中時輕盈地閃過。

拜戒指所賜，否則他肯定會受到重創。

他留下一聲咂舌聲，立刻躲到遮蔽物——也就是混沌尖兵巨大身軀的後面。

密藥似乎失效的哥布林殺手跟在其後，最後是重戰士滑進來。

古代鋼鐵似乎可以暫時為他們擋下致死的魔眼跟石化視線。

戰鬥開始後，三名冒險者初次深深嘆息。

「你怎麼看。」

全身上下受到燒傷的重戰士，面色凝重地回答哥布林殺手。

「超痛的。」

「我有止痛藥。」

「不必，那東西會害我沒力氣。提升活力比較重要，給我活力藥水。」

「嗯。」

重戰士抓住哥布林殺手從雜物袋裡拿出的瓶子，喝光裡面的藥水，扔向空中。

瓶子一從鎧甲後面飛出去就沐浴在白光下，於空中化為碎屑消失。

「「不管你們躲起來打什麼主意，都逃不過我的眼睛。」」

「躲起來好像也沒用。」聽見刺耳的聲音，長槍手皺起眉頭。「沒辦法一擊刺穿耶。」

他們當然沒打算一直躲在這裡。那顆大眼球也會行動。

一直在鎧甲周圍繞圈的愚蠢行為是可以撐過這波攻擊沒錯，但先耗盡體力的會是他們。

哥布林殺手低聲沉吟。他認為那個問題沒有多難。

「砸爛吧。」

「就這麼辦。」

「決定了。」

作戰方針一確定，冒險者便迅速開始行動。

重戰士換上食人鬼（Ogre）的護手，哥布林殺手為鎧甲纏上布防滑。

長槍手碰觸耳環，朗誦他所該使用的最後法術。

「『歐雷姆（油）……馬雷（海）……法基歐（產生）』！」

石頭地上發生異變。

大眼珠不曉得知不知道那是什麼。就算知道，也要花一點時間才能理解其意圖吧。

因為只要他還飄在空中，「潤滑（Grease）」的法術就毫無意義。

然而，那也只維持了一瞬間——巨大影子擋住了超自然的視野。

「喝、啊……!!」

重戰士咆哮著，以猛烈的速度將**混沌尖兵的巨大身軀**推過來。

——蠢貨。

大眼珠的嘴角，形似裂痕的那張嘴巴，扭曲成嘲笑的形狀。

這種攻擊躲開不就得了。天花板太低，不能飄到上方，但兩側還有空間。

只要繞過去，鐵塊反而會妨礙他們行動。這次一定要用怪力光線擊中那些人類。

出於認為自己已經將敵人逼入絕境的自信，大眼球飄向空中——

「白痴。」

下一瞬間，他發現自己正在撞向牆壁，驚訝地瞪大眼睛。

微弱的衝擊。

牠直到最後都不知道——冒險者中的某人敲了牠一擊。

「第一擊當然就要打中啊。論白刃戰，可是我們占上風。」

長槍手一副理所當然的態度，重戰士笑了出來。哥布林殺手沉默不語。

對方輕率地想拉開距離的機會，豈不是攻擊的絕佳破綻？

再加上牠動作單調，用不著花多少力氣就能擊中。僅此而已。

用力撞上牆壁的眼球只有搖晃一下，很快就回歸戰線。

沒受到多大的傷害（Damege）。可是在這場戰鬥中，無疑是致命的一瞬間。

「BEEHOOOOOLLLLL！？！？！？」

不屬於這個世界的慘叫，從大眼球的嘴巴傳出。

不偏不倚砸在上面的大鎚砸爛一半的眼球，噁心的體液四濺。

還不會死。還沒死。但——也只是「還」而已。

再也浮不起來的身體在地上爬行，分不清是想逃還是想抵抗。

異界的怪物在自己也不清楚的情況下不停抽搐，擠出剩餘的力氣怒吼。

「「你們，這些，野蠻人（Barbarian）……！！！」」

「是沒錯，但你少了幾個字。」

重戰士撿起掉在腳邊的古老名劍（Cusinart），發下豪語。

得到新主人的魔劍再度發出高亢的歡呼聲，砍向怪物。

「前面少了『偉大的』。」

就這樣，那隻連叫出名字都令人忌諱的怪物，終於淪為單純的肉塊。

這樣就結束了。

盤踞於化為荒城的城市地下的妖氣、瘴氣，該這樣稱呼的某種東西，明顯緩和了。

刻在地板上，滿溢魔力光芒的魔法陣，也已經東缺一角西缺一塊，停止運作。

冒險結束。重戰士擦拭刀刃，將那把劍還給過去神聖的戰士。

既然都要戰鬥，真想跟處於萬全狀態——先不論是生是死——的他打一場。

儘管應該不是察覺到他的心情，長槍手輕輕哼了聲。

「你喜歡那個名號啊？」

「嗯。」

重戰士光明正大地挺起胸膛回答。

長槍手不耐煩地皺眉，旁邊的哥布林殺手點頭說道：

「我也很喜歡那個英雄傳說。」

§

「金幣、銀幣、古代貨幣多到數不清……寶石也有一堆。」

「那種怪物很會囤積。」

「嗯。」

戰鬥結束，接下來就是掠奪的時間。

長槍手喜孜孜地清點由哥布林殺手調查、開鎖的寶箱的內容物。

——這不是斥候該高興的事嗎？

看見這矛盾的畫面，重戰士如此心想，然後立刻笑著搖頭。

他們三個都是戰士，誰高興都不奇怪。

他轉頭窺探寶箱，裡面還裝著非常老舊的書籍。

「如果是能提升肌力的祕本，希望能給我。是嗎？」

「我也不清楚，這本書封面是用人皮做的，肯定不是好東西。要嗎？」

「不要。」

「沒興趣。」

「那帶回去賣掉吧。」

全世界沒幾本的古文書，遇到冒險者也只有這點價值。

除此之外還發現魔劍類的戰利品，新手冒險者暫且不提——

「強化到這個等級的劍，我有好幾把……」

除非有什麼特殊力量，否則對銀等級來說，全是拿了也沒用的東西。

「詳細能力要鑑定完才知道囉。可惡，沒有長槍嗎……」

附有魔力的武器大部分是劍，有時會有斧頭，偶爾混入幾把鎚子。

對於想要長槍、鐵棒的人而言，很難找到自己的目標物。

長槍手深深嘆息，隨便抓了把長劍扔給哥布林殺手。

「你也拿把魔劍如何？銀等級總要做點樣子吧。」

「不必。」

他的回答只有一句話。

「被哥布林搶走就麻煩了。」

「唉，你這人沒救了……」

「把那把杖帶回去送她怎麼樣？」

「不。」長槍手對重戰士搖頭。「那傢伙說她不需要杖。」

「哦……」

哎，有時也會有這種事。冒險者的裝備因人而異。

有想做的事，想去做，所以才在冒險。

武器性能、有利不利什麼的，讓想去思考的傢伙去思考即可。

有順手的裝備——那就夠了吧。

「可是，我第一次找到附有一點魔法的劍或槍時，高興得不得了。」

不曉得是變挑剔了，還是感覺變遲鈍了。重戰士覺得有點哀傷，笑了出來。

他所說的第一次，好像是跟大哥布林戰鬥時從那傢伙手中搶來的。

面對擁有魔劍的小鬼跟自己之間的落差，他經歷一番苦戰，覺得驚訝、可笑又高興。

有段時間，他把自己一開始拿的大刀封印住，改用那把長劍。

那把魔劍現在跑哪去了？記得他扔進旅館的長櫃了——

「結果這麼多寶物，幾乎沒有我們需要的。」

重戰士偶爾會不知道該如何看待他們抵達的場所。

跟一開始比起來，確實爬到了挺高的地方，抬頭卻看不見盡頭。

——真是。

騎士和國王，都是夢想嗎？

「……有什麼關係。」

哥布林殺手忽然用一如往常的平淡語氣咕噥道。

沒帶財寶回去又有何妨？

他們又沒有攻略全部的墓室。

怪物和陷阱應該也不會因為首腦死亡就瞬間消失。

不只這塊地下區域，地上部分也有亡者在蠢蠢欲動。這座荒城成了迷宮。

在這個前提下——

「他叫我們留一點給他們。」

重戰士和長槍手面面相覷。長槍手笑了。重戰士肯定也一樣。

過沒多久，冒險者們往地上前進。

乘著汙水逆流而上相當痛快，確認自己的戰果感覺也不錯。

雖然又要潛入水中，透過地下水脈回到地面——挺費事的。

這段期間，重戰士在腦中整理好思緒。

那對少年少女肯定在外面紮營，等待他們探索完畢。

到時就盡最大的努力裝模作樣，故作威風，若無其事地對他們這麼說吧。

「——小子，算你走運！」

跟很久以前的英雄一樣。

第6章 『勇者小妹對死者之王』

「嘿、咻——!!」

伴隨與黑暗地底不相襯的明亮聲音被斬斷的空間，跳出一名少女。

少女身穿閃亮的裝備，手拿宿有太陽光的聖劍。

不知位在四方世界的何處，地下深處的魔宮內。

空氣中瀰漫跟地面無法相比的瘴氣及妖氣，駭人的腐肉覆蓋牆壁和地板。

從它還在微微抽動的這一點來看，這個地方搞不好其實是生物體內。

沒有人知道那裡是曾經被喚為「飛龍停歇的岩石」的岩山正下方。

黑髮少女——勇者卻掃了周圍一眼，斷言道「看起來沒問題！」

「因為這樣就一個人率先衝出去，不太好吧。」

女劍士接在她後面颯爽登場，一邊苦口婆心地說。

最後是拿杖的年輕女孩——賢者踩著有點不穩的腳步走出。

「我姑且有用遠見水晶確認過沒危險……」

術士——賢者一副要把玩膩的玩具收起來的態度，隨手將手中的寶玉扔進袋子。

「……話說回來，拿到『轉移』的卷軸真是幸運。」

「上面還寫著這裡的座標。」

勇者用腳尖踢散周圍的肉塊，有如小孩子在戳草叢裡的蛇。

「不曉得是誰準備這種東西的。」

「在敘事詩裡面，通常是古代的魔法師，不過世上的隱者也很多。」

劍聖一面檢查腰間的彎刀，一面瞪著四周，皺起眉頭。

異常的景象。這類型的迷宮她早已習慣，但這跟待起來舒不舒服是兩碼子事。

「不管怎樣，代表世上有位有先見之明的魔法師吧。」

「比某人更厲害的魔法師啊。」

勇者點頭。

「轉移」卷軸她也有四、五個，可是不知道座標也沒用。

如果有人能預知這個地方會發生危險——

「四方世界果然很大。」

「……那不重要，現在開始才是重頭戲。」

聽見勇者調侃她，賢者的表情依然沒有絲毫變化，從自己的袋子裡接連拿出道具。

的。

怎麼看都不是那個袋子裝得下的量。不對，說起來，袋子本身就是憑空取出

全是她為這場冒險準備的——並非如此，不過旅行的時候總會累積許多東西。東西多是好事。

「先做準備吧。」

「瞭——解！」

提升各種能力的祕藥、藥水自不用說——

怪力亂神藥水，暫時授予能操縱暴風的神代巨人的力量。

無敵祕藥，效果時間極短，卻能獲得針對各種法術的抗性。

疾風藥水，給予能在空中飛行，宛如一陣有顏色的風的敏捷度。

讀心祕藥，能讀取周圍的人的想法。

戰女神的武勳聖水，喝光即可得到眾神的祝福。

魔法卷軸，會立刻畫出通往目的地的路線。

同樣是魔法卷軸，用來偵測阻擋在前方的陷阱或危險。

唯有上森人的王族有資格製作，被當成眾神的食物的烤餅乾。

向神明哀嘆求來的軍糧，帶來英雄的活力。

除此之外還有許多無暇說明的道具，堆得跟小山一樣。

全是傳說中的道具，或是一般冒險者一輩子都沒機會看到的東西。

就算有人拿出去賣，光是想買一個，就得花上與軍艦匹敵的金幣。

她們卻把如此珍貴的道具當成白開水在喝，彷彿只是要在冒險前填飽肚子。

「這些東西是很方便沒錯。」劍聖扔掉空瓶。「美中不足之處是持續時間太短了。」

「還有量太多。是很好喝啦，可是我有點膩了。對了！」

勇者從行囊裡拿出愛用的調味料。

被當成鹽巴灑的粉末一從小瓶子裡掉出來，就發出美麗的光芒。

正是能帶來主人渴望的美味的魔法香料。

不是多了不起的東西，頂多只能稍微解膩，不過──

「最有用的果然是它吧！」

「可以借我嗎？」

「……………我也要。」

她們三個對此讚不絕口。

花了一段時間念完各種卷軸的賢者，也在兩人之後開動。

賢者表面看來纖細柔弱，實際上卻是個大胃王，勇者推測那就是她身材比自己更成熟的原因。

——還是她用了什麼不明魔法？

她邊想邊將香料傳給其他人，舔掉手指上的餅乾屑。

「一天灑得出十餐份，所以我們三個的三餐都能用，這一點真不錯。」

「……給圃人倒是有點不夠。」

「妳又不是圃人…………不是吧？」

「……呵呵呵。」

「真的很神祕。」

氣氛確實和樂融融，但要將這段時間稱之為休息時間又太過短暫。

三人迅速做完準備，勇者「好！」一口氣起身。

「那我們稍微去拯救一下世界吧！」

宛如即將踏上第一場冒險的冒險者。

§

「DAEEEEMOOOONNN！？！？！？」

「嘿——————呀啊啊啊啊啊啊啊——————！！！！」

每當帶有顏色的風掃過異形迷宮，恐怖的魔神們便噴出鮮血。

比音速還快的那陣風，究竟是疾風還是熱風？一不留神就會被一刀兩斷。

再怎麼試圖遠離，都會被她一個動作拉近距離（Minor Action Engage），然後瞬間（Minor Action）使出猛擊（Bash）、猛擊（Bash）、猛擊（Bash）。

擁有絕對力量的武器砍出來的空間斷層。倖存下來的怪物，則由緊接著襲來的彎刀奪去性命。

彷彿在無人的荒野展開的閃電戰。光憑雜七雜八（Mob）的魔神兵，一秒都阻止不了她。

當然，魔神們也不會只是站在旁邊看。

從影子和角落冒出、湧出，張牙舞爪地企圖趁其不備，奪走三位少女的性命。

然而，若要問身經百戰（Veteran）的劍聖是否會漏看他們的攻擊，就另當別論了。

「腳邊的影子！」

「……嗯。」

賢者立刻（Auto）製造出力場的魔劍，一個動作將拿在左手的劍射出去。

留下不知羞恥，企圖鑽到少女身下的影之魔神的慘叫聲，向前，向前，向前。

剛才打開的卷軸會為她指出路線，陷阱位置也瞭若指掌。

暗黑城塞的最深處，連女神的加護都傳達不到，但冒險者可沒弱到會因為這樣就敗退。

正因如此，司掌正義的那位女神，才會在奪回王冠的旅途上選擇那名勇士。

自己能成為英雄的事實，對廣大的冒險者來說是多大的榮耀啊。

那個英雄傳說無疑是冒險者的聖典之一。

「噢，大軍登場囉！」

不曉得經過了幾個十字路口，勇者發現從前方湧上的敵軍，吆喝道。

來了來了，惡夢般的怪物們從奈落深淵(Out of the Pit)前來。

「怎麼辦？」

劍聖提著彎刀狂奔，勇者「嗯——」一小聲沉吟。

她不是在猶豫。怕歸怕，但不成問題。

她對於擔任開路先鋒沒有意見，她明白那是自己的職責。

可是現在在戰鬥的有三個人，背後有更多人在。智慧也有三倍。

「……我很想省一點，」賢者拿起法杖，喃喃說道。「可是時間寶貴。」

「嗯，交給妳了！」

賢者沒有放慢步調，念出兩、三句咒文。

「『溫圖斯(風)……賽梅路(暫時)……空奇利歐(接續)』……」

來勢洶洶的魔神軍勢，立刻減緩速度。

數十數百，數量不足千的怪物們，像溺水似地在空中揮動四肢。

有無翅膀根本構不成影響。這是「飄浮（Float）」。和飛行原理不同。

賢者殘酷地對在空中被法術抓住的魔神們，念出接下來那句話。

「雷斯廷基托爾（消去）。」

風瞬間露出利牙。

升上高處的魔神突然被重力抓住，接連砸向地面。

大賢人曾經說過，這個法術連龍群都能擊落——

「從高處墜落，連死得了的神都會死。」

更遑論魔神。聽見賢者這句話，勇者笑著說「以前的人真會說話」。

勇者一行人完全沒有停下腳步，跑過滿地都是如同爛水果的屍體的道路。

「話說回來，數量比想像中還少耶。」

墓室與墓室，戰鬥與戰鬥的狹縫間，勇者忽然咕噥道。

她覺得邪惡邪教徒的據點，往往充滿怪物。

而事實並非如此，她不禁「哦」吁出一口氣。

「因為敵人也將戰力分散配置於各條戰線。」

願意回答她隨口說出的疑惑的人，是跑在旁邊的劍聖。

歷經連續的戰鬥，她卻一滴汗都沒流，颯爽地奔跑。身為她的朋友，勇者既崇拜又羨慕。

「所謂的人海戰術不是單指數量，而是在必要的時候將必要戰力派至必要的場所。」

「呃，也就是說？」

「要感謝士兵、運送武器及糧食的人、負責製造的人、負責計畫的人的努力。」

「國王也有採取對策，還有冒險者。除此之外還有許多人。」

賢者補充道。如果這樣能讓勇者安心，她什麼都願意說。

「……我們果然不能輸。」

勇者硬扯出笑容。劍聖和賢者也默默點頭。

她們知道。這名嬌小的少女這樣笑著說話時，是講給自己聽的。

看來該輪到勇者出馬了。

那些空有一張嘴的人，八成從來沒想過這句話有多麼沉重。

自己的使命是拯救世界，這可不是該由一個人背負的事。

「嗯，大家都在努力喔。」

「……我們也是。」

大家都在努力。聽見劍聖和賢者這麼說，勇者「嗯！」露出無憂無慮的微笑。

§

三人「咚！」一聲用力踹破門，踏進大廳，裡面彷彿充滿全世界的黑暗。

曾經是人類的生物濺得到處都是，逐漸被抽動著的肉壁及地板吸進去。

看見它隨著吸收的動作微微膨脹，賢者也不得不承認。

「……這座魔宮本身，果然就是——新的肉體嗎？」

「正是。」

令人不寒而慄的冰冷聲音從黑暗深處傳來，回應賢者。

——不是這個世界的生物。

只要接觸到充斥這個房間的空氣，就會被迫體會到。

以人類居住的環境來說，這裡太過寒冷。

「來得好，勇者一行人啊。」

大廳深處的祭壇——或者是王座，搞不好是處刑臺。

巨大的人形黑暗在那蠢動著。

魔法師拿著飾有璀璨寶玉的法杖，身穿有如直接將黑夜披在身上的外套。

然而，那張臉已經不屬於人類，而是黯淡的白色骷髏。

是將魔法鑽研至極致，超越死亡，卻還不肯離開現世的亡者或塚人（Rich Wight）。

「我早就預料到會有人來，不過比我想像中快了二十啊。」

生者無法發出的沙啞聲音，彷彿是從枯樹的空洞中傳來。

勇者聞言，嗤之以鼻。

是二十年、二十個月、二十週、二十天、二十小時、二十分，還是二十秒？

——不管怎樣，他的預測都不怎麼準確嘛。

死者之王煩躁地用鬼火之眼望向閃耀黎明光芒的聖劍，抬手一揮。

「我可沒打算毀滅世界。」

「你明明想把棋盤整個翻過來。」

回答的是賢者。

她的語氣始終平淡冷靜，連身為朋友的勇者，有時都搞不清楚她的心情。

但當她的聲音混入寒意的時候，就很好懂了。

——是她打從心底不高興的時候。

「因為這麼一來，這個地方就會成為角。」

死者之王愜意地坐在王座上，連賢者的憤怒都沒發現，開口回道。

只要抵達四方世界的角落，便能環視另外三面，棋盤外。

這正是所謂的穿越者（Planeswalker）。

面對對魔法師的造詣高談闊論的對象，賢者的語氣卻沒有任何變化。

「結果會死一堆人。已經死一堆人了。無法挽回。」

「活著總有一天會死。」

死者之王一副無所不知的態度。簡單地表示自己什麼都知道，所以不需要這個世界。

「那可不行。」

賢者則斬釘截鐵地反駁。

「生者和死者都一樣，想要探究一切，這個世界太遼闊了。」

——斷言不要世界的你的世界，想必相當狹隘。

兩人——恐怕是四方世界中立於最頂端的術士，眼神擦出火花。

魔法師的戰鬥是言語的戰鬥，意即這段對話，同時也已經為法術的攻防戰揭開序幕。

若是遠古的魔法師，大概會翻開刻著恐怖咒文的卡牌。

但賢者和這名死靈占卜師，尚未抵達那個境界。

一方認為沒必要抵達——一方認定為了抵達那個境界，不需要世界的存在。

雙方的意見像兩條平行線，結果不言自明。

「笑死人……」

因此，默默在旁邊聽著的勇者不耐煩地——挺身為賢者說話。

「果然該直接開打，幹麼聽他說話。」

「哎，人家的遺言總要聽一下吧。」

劍聖彷彿在安撫她——不是「彷彿」就是了——對勇者苦笑。

「我們是來拚命的，不該奢求太多。」

「不過，反正不是『我可以放你一條小命』就是『分你一半的世界』吧？身分對調了耶。」

勇者大笑著回嘴，劍聖只得聳肩。

沒錯，攻進來的是她們，快被殺掉的是對方。

她們是來殺掉那傢伙的。再無其他。身分高低顯而易見。

死靈占卜師（Necromancer）手中的法杖微微顫動。

攻略飛龍巢穴，締結儀式，創立死靈軍團，設下陰謀。

賭上自身矜持的儀式，被人用一句「笑死人」帶過去，自然會憤怒。

正因如此，賢者才忍不住開口。

「翻倒棋盤，企圖用屍體的肉塊堆出通往外界的路。要說原因，因為你無法憑藉自身的力量抵達角。」

——真是愚蠢至極。

就是因為這樣，你的計謀才會被過去跳到棋盤外的前輩們看透。

那名魔法師託付的東西，經過一番波折，與許多人的雙手及命運一同送到她們手中。

全是因果。

「你可能覺得自己的做法很聰明，不過那位邪惡又可恨的神明，八成會這麼說。」

賢者微微揚起嘴角。

「**你的計畫不完美也沒有決定性**（註3）。」

這句話似乎成了致命的關鍵。

「本想給予妳們不定的生命，永遠侮辱妳們，拿妳們永劫的後悔解悶……」

影子緩緩站起。死亡的影子。襲向四方世界的可畏的迷宮之主（Dungeon Master）。

「看來妳們幾個的腦袋更適合吊在柱子上。」

「放馬過來！」勇者大吼。「我來陪你玩！」

戰鬥揭開序幕。

註3　出自愛德華・艾默・史密斯的著作《Galactic Patrol》。

§

法術亂舞，光芒交錯，生死交叉。

無法想像的戰鬥——只用這麼一句話形容是很簡單，不過請容許我刻意寫下來。

那是一場無法想像的戰鬥。

「『卡耶魯姆……卡利奔克爾斯……空奇利歐』。」

第一招是賢者召來的流星雨，從大廳的天花板附近落下。

天之火石接連著地，噴出火焰，劍士和勇者直線狂奔。

劍聖的一刀差一點才砍中。無妨。勇者高舉著的太陽之劍才是重點。

「————!?」

但她的動作有點遲鈍。短短的一瞬間。微不足道的束縛詛咒。

「『血化為沙，肉化為石，魂化為塵』。」

令勇者全身發涼的寒意瞬間襲來。

是石化的詛咒。她咬緊牙關，忍受刺在背脊上的寒意。

為了填補勇者停止動作的那一瞬間的破綻，劍聖躍向前方，阻擋她的是——

「嘖，耍什麼小聰明……!!」

劍山刀樹從大地刺出。是刀刃的障壁。直接衝過去，身體想必會被砍成碎屑。

——**努力忍耐**!!

那正是凡人(Hume)戰士的驕傲。

劍聖毫不猶豫衝進刀陣中，鮮血像紅蓮旗幟般繞在身旁，拔出彎刀。

「喔喔，厲害……!」

死者之王不禁讚嘆，雖然那只不過是「以蠻族來說挺行的」的意思。

劍聖不顧形象地嘖了一聲。敵人這麼從容不迫，她看不順眼。

沒能砍下他的腦袋讓他嘗到恐懼的滋味，發出悲鳴，她深感遺憾。

「我可以動了！」勇者重整態勢，吆喝道。「要先退後嗎!?」

「不必，還行……!」

站在旁邊的勇者瞄了勇敢大吼的劍聖一眼，點頭，做好覺悟衝上前。

距離很近。一步便足矣。而在她前進一步的期間，枯死的詛咒襲來。

「『立於荒野，等待雨水，在烈日下枯萎吧』。」

「『摩爾斯(死)……阿德威爾薩斯(逆轉)……阿尼馬(命)』。」

然而，從背後射來的詛咒將其抵銷，不足為懼。

「可惡的傢伙……!」

死靈占卜師接著大大展開沒拿法杖的左手，伸向逼近自己的少女。

「『劍的王牌，黑棒，八分為二，最後一個是死神之手』！」

「走開啦……!!」

蘊含直死詛咒的骷髏手掌企圖抓住勇者的心臟，被閃亮的聖劍彈開。

可是死者之王想製造的破綻就在這裡。接下這句擁有真實力量的話語吧。

「『瑪格那（魔法）……馬努斯（手）……法基歐（產生）』！」

不可視的力場化為轟拳用力掐住她，少女忍不住哀號。

「嗚啊啊……!?」

掙扎。甩動唯一自由的雙腿，咬緊牙關，使勁渾身的力氣。

骨頭在吱嘎作響。關節喀喀喀地發出悲鳴。喘不過氣，嘴裡湧上苦澀的唾液。

「嗚……!啊、呃……嘔、嗯……!!」

好痛。被閃電擊中的時候也是，被火燒到的時候也是，剛才的石化也是，好恐怖。

——不過也只有恐懼和痛而已。

她在空中踢了好幾下，手臂施力，咬緊牙關，沒有放開手中的聖劍，持續抵抗。

正因如此，在內臟被捏爛的前一刻——賢者的法術趕上了。

「『阿爾馬（武器）……夫吉歐（逃亡）……阿米特烏斯（喪失）』……！」

既然那是一隻手，豈有「徒手（Awkward）」不管用的道理。

儘管她狼狽得像被扔出去的壞掉人偶一樣，勇者勉強降落於地面。

她將力氣集中在顫抖的雙膝上，站穩腳步，哭得一把眼淚一把鼻涕的臉努力繃緊神情。

「還以為會死……！」

「還沒死。」賢者擦掉因過度施法而吐出的鮮血，一面說道。「趕上了。」

勇者硬是扯出笑容。剛才的大軍，果然該由我對付比較好。她如此心想。

「如果再快一點就好了……！」

勇者擦掉眼角因生理反應泛出的淚水，重新握好聖劍，再度撲向巨影。

這段期間獨自在前線應戰的，是劍聖。

有嵐之巨人的臂力，就算只有一個人，也足以與可怕的魔法師抗衡。

她全身血流不止，十分慘烈，不過沒什麼大不了，流血是活著的證明。

雖說引以為傲的長髮被砍掉了一些，人沒事就好。

——森人（Elf）也說過，傷到少女的髮絲或柔嫩的肌膚，用一條命去贖罪即可。

「原來如此，難怪我覺得妳挺能撐的——看來妳得到了挺了不起的力量。」

死者之王嘲笑道，對緊逼而來的劍聖——不。

© Noboru Kannatuki

他將手杖對著包含起身狂奔的勇者，以及調整好呼吸拿起法杖的賢者在內的三個人。

「『瑪格那（魔法）……雷莫拉（妨礙）……雷斯廷基托爾（消去）』！」

冰冷的波動立刻襲向三名少女。

轉眼間侵蝕她們的身體，抵銷賦予三人的各種力量。

巨人的怪力、針對各種法術的抗性、風一般的速度、劍的利度，盡數遭到消除。

反擊咒語（Counterspell）——抵銷法術，在魔法師的決鬥中最有效的關鍵招式。

「賢者啊，妳的法術真粗糙。」

被人嘲諷，賢者也沒有多說什麼。

不，該說是無法回嘴吧。

光是拿杖撐著身體就竭盡全力。動嘴巴反駁的力氣早就沒了——

「那又如何？」

「呃、啊!?」

可笑——劍聖斬裂死靈占卜師的胸口，代替賢者回嘴。

死者之王立刻用他的法杖製造力場刀，不停刺向劍聖。

雖說他並非武術達人，這波斬擊還是發揮了高階不死者的身體能力。

已經遍體鱗傷的劍聖，甚至會有生命危險——她卻往旁邊滑了一步。

她在敵人射線的縫隙間小幅度地滑行移動。

僅此而已，這個行為卻極度致命。

改變方向瞄準目標。滑行移動。改變方向。滑行移動。

單憑詭異又細微的動作，就能防住死者之王的攻擊。

「呵呵……」

劍聖面露微笑，像在砍流水似地將攻擊往兩側彈開，砍回去、刺回去。

有如豪華絢爛的死亡之舞（Danse Macabre）的神技，令死者之王瞠目結舌。

女人手中握著彎刀。

平凡無奇的那把刀，刀飾雖然不同，確實是東方的刀。不過僅此而已。

除了刀身正中央有點裂痕和缺口外，沒有任何特別之處，只是把普通的——

「竟然是，鋼劍……!?」

「因為我對武器的強弱沒什麼興趣。」

劍聖說得輕描淡寫，揚起嘴角——彷彿要吐出舌頭。

曾經在「死之迷宮」揮動這把太刀的人若知道，肯定也會露出笑容。

她不知道這把刀是不是傳說中的名劍，也沒興趣。她相信的只有一句話。

「不會斷，不會彎，是一把好劍。所以——我會贏。」

「混帳東西……!!」

死者之王終於大吼，這時，太陽的光芒終於抵達黑暗大廳的最深處。

耀眼的劍身被鮮血及嘔吐物弄髒，步履蹣跚，儘管如此，勇者還是舉起了劍。

劍聖剛才那一劍造成的衝擊，足以破壞操縱這具屍體的魂魄。

腐朽亡者的末路無路可逃，憤恨地瞪著陽光劍罵道：

「該死的神的棋子……！」

「你想說你是因為沒被操縱才輸掉嗎？如果有被操縱，贏的人就是你？」

他應該很想這麼說，但這單純只是不服輸。未免太難堪了。

勇者重新握緊手中的劍。使不出力氣。咬緊牙關，再握一次。

「『恩諾伊亞（思考）……亞歐（火）……阿烏羅拉（破曉）』。」

這時，戰乙女的聲音傳來。

賢者一直一語不發，拚命集中意識構築的法術完成了。

受傷的身體恢復力量。

能繼續戰鬥，能繼續揮劍。

雖然還會感到疼痛、恐懼，這樣就足夠了。

「妳總有一天也會迎來滅亡！就算妳現在受到崇拜，遲早——」

「或許吧。」

因此，勇者滿不在乎地笑了。再說，大家都講過類似的話。異口同聲。

「不過，不是現在。」

要是自己在這邊輸掉，世界就完了。對那些願意幫忙的人也很過意不去。

有士兵和其他冒險者，有他們的家族，也有許多無關的人，有朋友和自己。

就是因為不認識那些人，像死者之王這樣的人才會說那種話。

不介意毀滅世界，也不介意殺人——反而覺得這是正確的。

——你的意思是，要不是因為被神明操縱，根本不會有人來拯救世界？

只要你還有這種觀念，講什麼大概都沒用。

——既然如此，我要代替大家做的事和該對你說的話，也只有一句。

揮下黎明的一擊————向前。

「接招吧（Take that,you fiend）!!」

太陽爆炸。

終章
『為剿滅小鬼的冒險揭開一頁的故事』

Goblin Scenario

金絲雀的啁啾聲，使他昏昏沉沉睜開眼睛。
身體好重，天花板顯得特別高。
「唔……」
他低聲沉吟，慢慢坐起上半身，壓得床吱吱嘎嘎的。
房間裡有點冷，從那個溫度判斷，時間還不會太晚。
就算睡過頭，應該也只有晚起一點而已。雖然睡過頭本身就有問題了。
「早安……你今天睡得好熟喔。」
青梅竹馬少女從窗邊笑咪咪地看著坐起身體的他。
他「嗯」了一聲，點頭，站起來，迅速穿好衣服。
——看來我挺累的。
仔細一想，在朋友——思及此，他停頓了一瞬間——的邀請下，自己真是幹了件不習慣的事。

和剿滅小鬼截然不同的冒險，消耗了大量的精神力。

——冒險啊。

想到這裡，他微微揚起嘴角。

「啊，你好像很高興。」

「是嗎？」

「看起來是。」

「是嗎？」

她也一樣不曉得在高興什麼，不知為何笑得很燦爛。

他看了青梅竹馬一會兒，陷入沉思，終於開口。

「不冷嗎？」

「哼哼，我現在超暖和的。」

她展開雙臂，彷彿要炫耀什麼。

——噢，原來如此。

「新衣服嗎？」

「對，我自己織的。」

怎麼樣？她拿開工作服的肩帶，露出底下的衣服。

是件全新的白色毛衣。

他想了一下，再度陷入沉思，說出終於想到的一句話。

「我覺得，很適合妳。」

「……嘿嘿嘿。」

似乎是正確答案。

青梅竹馬少女高興地紅著臉瞇起眼睛。

「我也幫你織了一件，等等穿穿看吧？」

「喔，嗯。」

他點頭，瞥了房間深處，疊好放在長櫃上的黑色上衣一眼。

總覺得——捨不得拿起來，不過似乎是它沒錯。

「處理完委託再說行嗎？」

語畢，他大概是覺得自己講得不夠清楚，又補充道：

「不想弄髒。」

「嗯，可以呀。回家後你就會穿上它對吧？」

「對。」

他點頭，青梅竹馬少女依然開心地說：

「我等你。」

§

骯髒的皮甲、廉價的鐵盔、不長不短的劍、小圓盾。

他穿戴一如往常的裝備，走進冒險者公會，裡面還是同樣那群人。

新手——不，已經不能說是新手——戰士跟聖女、白兔獵兵，三個人不知道在商量什麼。

「果然該累積跟會飛的怪物打的經驗！至少得把飛龍(Wyvern)打下來吧。」

「就跟你說巨鳥我們打不贏了。會出人命啦。換一個換一個！」

「是說，我想冒險者也不是只能驅除怪物吧？」

他們跑來詢問棍棒的用法，不曉得是多久以前的事。

對哥布林殺手而言是微不足道的記憶，不過如果有稍微幫上忙就好。

——對了，那場探索用了不少藥水。

應該要先去補充。

哥布林殺手走向工房的途中，認識的冒險者紛紛隨意地跟他打招呼。

新手冒險者暫且不提，現在的他就是個「只會講哥布林的怪人」。

該如何接受這個事實——他不太明白。

可是沒必要否認，他也不排斥，便乾脆放著不管。

「喔，你來啦。」

在工房一直被誤認為礦人（Dwarf）的老闆，用跟平常一樣乖僻的態度盯著鐵盔。

「你給我的鎧甲修理不完啊。怎麼？是遇到會用『分解』的哥布林嗎？」

「不。」

「我想也是。哪有那種哥布林。」

老闆發出削石頭般的笑聲，哥布林殺手再次體會到，自己跟他也認識一段時間了。

他買了包含藥水在內的各種消耗掉的裝備，老闆熟練地動手拿出商品。然後將商品放到櫃檯上，個別告知價格，用那隻眼睛瞪向哥布林殺手。

「你啊，偶爾……就不能買點名劍或名刀嗎？」

「那把南洋式飛刀，我很愛用。」

「這樣啊。」

老闆哼了聲，咕噥道「算了」。

「無銘的名刀也能在『死之迷宮』大顯身手。」

「是嗎？」

「對。」

哥布林殺手沒什麼興趣。他喜歡英雄傳說，但那跟自己無關。

他從錢包裡拿出金幣、銀幣放到櫃檯上，工房裡面忽然傳來嘈雜聲。

鐵盔底下的眼睛往聲音來源看過去，學徒和獸人女侍不知道在嚷嚷什麼。

「欸，這件毛衣會不會太大了點？」

「會嗎？我用我的尺寸織的。」

「我說妳喔……算了，謝謝……」

「之前的飲料也很好喝吧？」

「當時妳突然塞東西給我喝，真的很莫名其妙。」

看來獸人女侍在把衣服塞給學徒少年穿。

到處都是脫線，長度也有點不夠，少年卻沒有不滿的樣子。

事到如今哥布林殺手才覺得，那兩個人感情真好。

仔細一想，自己認識了許多人——不過還有很多不清楚的事。

那大概是理所當然的。

想對每個人都瞭若指掌，絕非易事。

「真是，還敢摸魚啊。」

回過神時，老闆也把手肘靠在櫃檯上，像在看戲般凝視兩人。

「……你也稍微注意一下穿著打扮吧？」

「是嗎？」

「剛才有個女森人（Elf）買了把刺劍。還是新人，是個好女人。」

有點風塵味就是了。聽見他的感想，哥布林殺手「唔」了一聲。

雖然有點不是時候，任何時期都會有新人冒險者出現。

哥布林殺手沒有把這件事放在心上，付完錢，再度踏進公會。

果然——很多冒險者。

每個人都聚在一起，大聲聊天，或許是因為現在是正式入冬前最後的賺錢機會。

「喔喔，這是……酒嗎!?喂喂喂，你這傢伙以為我是誰啊？」

「不要就算了。」

「不，我要。都收下了，這就是我的東西。」

少年斥候（Scout）和少女巫術師（Druid）無奈地看著重戰士跟女戰士鬥嘴。

站在旁邊的半森人（Half Elf）劍士對他點頭致意，哥布林殺手也低下頭。

經過他們旁邊時，忽然有人親暱地拍了下他的肩膀。

「真是，那傢伙也太那個了吧。我都叫他選品味好一點的禮物了。」

「是啊。」

哥布林殺手對竊笑著的長槍手點頭。

「你也要爭氣點。男人很容易在這種地方被拿出來打分數。」

「是嗎？」

「沒錯。」

這樣的話，代表長槍手送了魔女什麼禮物嗎？

思及此，她正好用彷彿要炫耀性感身軀的姿勢從對面走來。

哥布林殺手的觀察力，沒有低到會沒發現她的臉頰染上淡淡的薔薇色。

「哎、呀……」魔女扇動修長的睫毛。「你、們……在講事情，嗎？」

「不，只是閒聊。」

語畢，長槍手用讓人聯想到肉食野獸的敏捷動作離開哥布林殺手。

「再見啦，哥布林殺手。我們要去冒險（約會）。」

「是嗎？」

哥布林殺手緩緩點頭，思考該說些什麼，沉吟了一會兒。

「……小心點。」

「用不著你說。」

長槍手露出牙齒笑了下，揮揮手，颯爽離去。

最後，魔女回頭輕聲說道「再、見」，帶著淡淡的淺笑走遠。

他送了她什麼——問這種問題太不識相。

這點小事，連哥布林殺手都明白。

§

「歐爾克博格，你好慢喔——！」

不曉得在跟蜥蜴僧侶(Lizardman)抱怨什麼的妖精弓手(Elf)，猛然抬頭大叫。

熟悉的等候室外面。他的固定位置，成了他們的固定位置。

他們並非無時無刻都五人一起行動。只不過，四個人都在是一件好事。

哥布林殺手踏著大剌剌的步伐走過去，回答「是嗎」。

「我沒有遲到的意思。抱歉。」

「別介意，嚙切丸。是這個長耳丫頭自己起這麼早。」

「有什麼關係。最近大家都忙到不行，很久沒聚在一起了耶——？」

「森人(Elf)別隨便說什麼『很久』。」

礦人(Dwarf)道士和妖精弓手吵吵鬧鬧、一如往常的對話——經她這麼一說，也是很久沒聽見了。

哥布林殺手聽著兩人鬥嘴，望向剩下的成員。

沒有坐到長椅上，看起來卻十分悠閒的蜥蜴僧侶。

雙手放在膝上，規規矩矩坐著的女神官。

「有什麼問題嗎？」

「不，一切順利。因為貧僧等人只是幫忙跑腿的。」

蜥蜴僧侶慢慢搖動長脖子，以奇怪的手勢合掌。

「神官小姐一行人，似乎積了不少功德。貧僧略有耳聞。」

「功、功德什麼的，」女神官用拔尖的聲音說道。「太誇……」

好像也不算誇張。她害羞地嘟囔道。

記得她是被妖精弓手等人帶去某座城塞。

仔細一看，嶄新的藍寶石識別牌上也多了幾道刮痕、髒汙，變得挺有模有樣的。

雖然不知道當事人注意到了多少——所謂的經驗，肯定就是這種東西。

「哥布林殺手先生呢？」

「不是剿滅哥布林。」

唯有這點可以確定。哥布林殺手簡單敘述自己所知的情報。

「有隻不知道叫什麼的奇怪怪物。之前也處理過，果然很棘手。」

「噢……」

女神官微微歪頭。是巨魔或惡魔嗎？

「哼。」總算放過礦人道士的妖精弓手，不滿地噘起嘴巴。

「講清楚一點啦。從頭到尾。」

「我不擅言詞。」

「是說，你擅自跑去冒險，我有點不開心。」

「不是擅自。」

「就是擅自。反正今天也是哥布林對吧——？」

「對。」

「你看。」

啊——啊。妖精弓手用上森人不該有的態度擺動雙腿，動作之間卻又流露出與其相應的優雅氣質。

她的語氣沒有她說的那麼不開心，臉上也帶著笑容——有種「拿你沒辦法」的感覺。

「好了好了，快去。我等你。」

「嗯。」

哥布林殺手點頭，接著轉頭望向櫃檯的方向。

看來一早的委託被人接去了不少，這樣應該不會有問題。

哥布林殺手踏著一如往常的大剌剌步伐走向櫃檯。

櫃檯小姐宛如一隻陀螺鼠，慌張地在櫃檯後面奔走。

她忽然發現他的存在，晃著尾巴般的辮子轉過身。

「哎呀，哥布林殺手先生！」

她俐落地抱著幾份文件坐到位子上，大概是事先整理好的。

坐在對面的哥布林殺手探頭一看，原來如此，果然是哥布林。

「看起來很忙，沒問題嗎？」

「我一直都很忙呀。」

櫃檯小姐不禁苦笑。雖然人總會忍不住只關心自己看見的事物。

「有世界的危機要處理，還有小鬼出沒，水之都也發生騷動……」

「是嗎？」

「是的，相當累人。」

櫃檯小姐依然面帶笑容，輕輕嘆出一口氣。

剿滅哥布林，嗯，常有的事。

一個新手團隊(Party)代表一個小鬼巢穴，這句玩笑話真心不假。

大多一下就能解決掉。少數並非如此。然後，除此以外的冒險多得跟山一樣。

「而且，聽說今年冬至又要辦不同的活動……」

「是嗎？」

© Noboru Kannatuki

「是的。所以，那個。」

櫃檯小姐支吾其詞，扭扭捏捏地用手指玩弄辮子的尾端。

「說不定會麻煩您幫忙……」

「無妨。」

無須煩惱，哥布林殺手淡然回答。

平常總是受到對方的照顧，所以要答謝對方。雖然這話是長槍手說的。

——合理。

他這麼認為。

八成不是哥布林，但狩獵小鬼只不過是自己的職責。

世界不是光憑剿滅哥布林運作。**理所當然**。

「我可以幫忙。」他——難得一見——又客氣地補充。「不介意的話。」

櫃檯小姐立刻表情一亮，露出如同花朵綻放的笑容。

不過，她果然是個認真工作的人，可愛地清了下喉嚨。

「所以，那個，您今天有什麼事呢？」

面對這淘氣、刻意，又故作正經的問題，哥布林殺手回答。

「哥布林。」

後記

大家好！我是蝸牛くも。哥布林殺手第十二集，大家還喜歡嗎？
這次有出現哥布林，是哥布林殺手剿滅哥布林的故事。
我寫得很努力，如果各位看得開心就太好了。
不過都出到十二集啦，嚇死人。從覺醒到最後到崛起（註4），是三集前的事呢。
這一集是短篇集，所以內容成了各種冒險者的各種冒險的感覺。
事實上，世界這個東西不為人知的部分遠比為人所知的部分還要多。
畢竟提到冒險，比起剿滅哥布林，除此之外的冒險占了大多數。
擊退邪惡的魔法師以拯救世界，和在大都會的暗影底下狂奔，都一樣是冒險。
……這是我一直以來都在說的話，所以我不會再說一遍。

註4　指星際大戰系列的《STAR WARS：原力覺醒》、《STAR WARS：最後的絕地武士》、《STAR WARS：天行者的崛起》。

打個比方，這次哥布林殺手繼漫畫化、TRPG化、動畫化後，出了劇場版。這樣的話，除了自己認識的人，自然會牽扯到許多人。協助作品本篇製作的人，我也不是通通認識。負責宣傳、企劃的人，製造傳單等宣傳品的人。電影院的人。國外也有幫忙的人，所以肯定還有我想不到的行業。當然也是拜願意拿起這本書的各位讀者所賜。從網路版時代就在支持本作的讀者們，統整網站的管理員大人。朋友們。劇場版自不用說，這一本書也是多虧了許多人才能問世。神奈月老師和編輯部的各位……若要一個個列出來，幾頁都不夠寫。這麼一想，我實在沒臉說「這是我靠自己一個人的力量做到的」。如果有人說「蝸牛くも是憑一己之力走到出劇場版的這一步」，我會說不是的。我深深體會到自己認識許多貴人，非常值得慶幸。誠心感謝。

接下來終於要出到第十三集。

大概會有哥布林，所以會是哥布林殺手剿滅哥布林的故事吧。

我會繼續全力寫下去，希望能讓各位看得開心。

那麼，再會。

國家圖書館出版品預行編目資料

GOBLIN SLAYER! 哥布林殺手 / 蝸牛くも 作 ; Runoka 譯 . -- 1 版 . -- [臺北市] : 城邦文化事業股份有限公司尖端出版 : 英屬蓋曼群島商家庭傳媒股份有限公司城邦分公司發行 , 2022.01-
冊 ; 公分
譯自 : ゴブリンスレイヤー
ISBN 978-626-316-345-4 (第 12 冊 : 平裝)

861.57 110018894

浮文字
GOBLIN SLAYER 哥布林殺手12
（原名：ゴブリンスレイヤー12）

著者／蝸牛くも
封面插畫／神奈月昇
譯者／Runoka
榮譽發行人／黃鎮隆
美術總監／沙雲佩
國際版權／黃令歡、梁名儀
總經理／陳君平
美術編輯／陳又荻
文字校對／施亞蒨
協理／洪琇菁
執行編輯／曾鈺淳
內文排版／謝青秀
總編輯／呂尚燁
企劃宣傳／楊玉如、洪國瑋

出版／城邦文化事業股份有限公司 尖端出版
台北市中山區民生東路二段一四一號十樓
電話：（〇二）二五〇〇－七六〇〇
傳真：（〇二）二五〇〇－二六八三
E-mail: 7novels@mail2.spp.com.tw

發行／英屬蓋曼群島商家庭傳媒股份有限公司城邦分公司 尖端出版
台北市中山區民生東路二段一四一號十樓
電話：（〇二）二五〇〇－七六〇〇（代表號）
傳真：（〇二）二五〇〇－一九七九

中彰投以北經銷／楨彥有限公司（含宜花東）
電話：（〇二）八九一九－三三六九
傳真：（〇二）八九一四－五五二四

雲嘉經銷／智豐圖書有限公司 嘉義公司
電話：（〇五）二三三－三八五二
傳真：（〇五）二三三－三八六三
客服專線：〇八〇〇－〇二八－〇二八

南部經銷／智豐圖書有限公司 高雄公司
電話：（〇七）三七三－〇〇七九
傳真：（〇七）三七三－〇〇八七

香港經銷／一代匯集
香港九龍旺角塘尾道六十四號龍駒企業大廈十樓B&D室
電話：（八五二）二七八三－八一〇二
傳真：（八五二）二五八二－一五二九

新馬經銷／城邦（馬新）出版集團 Cite（M）Sdn. Bhd.
E-mail: cite@cite.com.my

法律顧問／王子文律師 元禾法律事務所
台北市羅斯福路三段三十七號十五樓

二〇二二年一月一版一刷

■中文版■

郵購注意事項：
1.填妥劃撥單資料：帳號：50003021戶名：英屬蓋曼群島商家庭傳媒(股)公司城邦分公司。2.通信欄內註明訂購書名與冊數。3.劃撥金額低於500元，請加附掛號郵資50元。如劃撥日起 10～14日，仍未收到書時，請洽劃撥組。劃撥專線TEL：(03)312-4212 ・ FAX：(03)322-4621。E-mail：marketing@spp.com.tw